小学館文庫

ふたつの星とタイムマシン

畑野智美

小学館

カバーイラスト／ 吉田健一

カバーデザイン／ 岡本歌織（next door design）

目次

contents

ふたつの星とタイムマシン

過去ミライ

分厚い灰色の雲が空を覆い、霧吹きで吹いたような細かい雨が町中を濡(ぬ)らしていく。

今年は平年より三日早く梅雨入りした。今朝のニュースでそう言っていた。

研究科棟の中に入っても、まだ雨に降られていると感じるくらい、湿気が充満している。床のタイルも、コンクリートの柱も、うっすらと水気を帯びている。いつもは研究室から声が漏れてくるのに、静かだ。どこか遠くから微(かす)かに声が聞こえるが、雨に吸いこまれて消えていく。いつもとは違う金属のようなにおいがする。階段を上がる足音の響きが鈍い。

「失礼します」ノックをしてから、研究室のドアを開ける。

平沼(ひらぬま)先生がいるかと思ったが、誰もいなかった。中に入り、研究機材や積み上げられた資料に触らないようにして机の間を歩く。一番奥の先生の机にファイルを置く。

ここは、廊下とは違うにおいがする。壁一面の本が発しているにおいだ。研究関係の本以外に、先生が趣味で集めた古書が並んでいる。三島由紀夫と太宰治が多い。どれも貴重な本らしい。物理学の研究室なのに変だと最初は感じたが、ここに顔を出すようになって一年が経ち、気にならなくなってきた。

しかし、雨が降ると、存在感をアピールするように、においを発する。

「あっ、西村さん、すみません」

ドアが開き、平沼先生が入ってくる。手には紙パックのフルーツオレを持っている。研究機材にシャツが引っかかりそうになり、慌ててよける。

「頼まれた資料、まとめておきました」

「ありがとうございます」先生はフルーツオレを飲みながら、ファイルを開く。

「今日、誰もいないんですね？」

いつもは朝も夕方も夜中も関係なく、ゼミの学生や大学院生がいる。平沼先生の授業はうちの大学の中で一番人気があり、ゼミの倍率も高い。わたしと同じように一、二年生のうちから研究室に出入りしている学生も何人かいる。

「雨のせいか雰囲気が悪かったので、息抜きに行かせました」ファイルを閉じ、窓の外を見る。「西村さんは大丈夫ですか？　頭が痛くなったり、古傷が痛んだりしませんか？」

「大丈夫です。痛むような古傷はありません」

わたしも窓の外を見る。

グラウンドがあり、その向こうには新校舎が建っているのだが、雨で霞んでいた。

「それは、良かった」

「でも、嫌なことは少しだけ思い出します」

「嫌なこと？」先生は、めがねの奥からわたしの顔をのぞきこんでくる。

平沼先生は三年前、三十四歳の時に教授になった。うちの大学では最年少記録だ。人気がある理由はその実績はもちろんだけど、見た目の良さもある。若くて、背が高くて、顔がかっこよくて、独身と言ったら、それだけで女子学生が喰いついてくる。わたしはそういう中の一人ではないが、近くから見られると、ドキッとする。

「大したことじゃないです」

「そうですか」

「これって、何に使うんですか？」視線を逸らし、話も逸らす。

先生の机の横に電話ボックスぐらいの大きさの円筒がある。

銀色でドアがついている。

先輩に聞いても、「知らない」と言われた。邪魔だから外に出そうと思っても、重くて運べない。鍵がかかっていて、ドアは開かなかった。前は先生に「これ、どうにかしてください」と言う学生もいたらしいが、最近では誰も気にしていない。研究室には、円筒の他にも、使わない研究機材が置いたままになっている。

「ああ、タイムマシンです」

「えっ？」

「過去に戻れます」

「そんなこと、できるはずないじゃないですか」

研究室ではタイムマシンの研究をしている。人間での実験はまだ行われていなくても、計画段階に入っている。十年前に時空間を超える理論を発表し、先生の名前は一気に広まった。わたしはまだ小学生だったけど、ニュースになったのを憶（おぼ）えている。しかし、タイムマシンで行けるのは、未来だけだ。

「できるはずないなんて、物理学者になりたいなら言ったら駄目ですよ。西村さん、過去に戻る研究がしたいって、前は言ってませんでしたっけ？」机にフルーツオレの紙パックを置く。

「でも、無理ですよね？」

平沼先生の研究によって未来に行ける可能性は出てきたものの、過去に行ける理論は証明されていない。不可能という理論は、いくつも証明されている。

「無理じゃないですよ。入ってみますか？」机の引き出しから、黄色い星のキーホルダーがついた鍵を出す。

「はい」

わたし達が手伝っていない研究も先生は進めている。もしかしたら、これはまだ発表されていない研究の成果なのかもしれない。本当に過去に戻れたらすごいと胸が高鳴るのと同時に、怖いとも感じた。でも、わたしは過去に戻る研究がしたくて、この大学に入り、この研究室に来た。他の学生がいない時に実験に参加できるなんて、大きなチャンスだ。

先生は鍵を開け、ドアを開ける。

「どうぞ」

手で促されて、わたしは円筒の中に入る。

天井のライトがつく。人に反応するようになっているのだろう。

正面に大きなモニターがあり、キーボードとマウスがある。先生は背中でドアを押さえながら手を伸ばし、モニターの電源を入れる。青一色の背景の真ん中に、懐中時計のデザインのアイコンが一つだけある。

「それを開いてください」

「はい」

アイコンをクリックすると、画面が白くなる。真ん中に年月日を入力する欄があった。

「行きたい年と月日を打ちこんでください」

「はい」

いつにするのがいいんだろうと考えたが、中学三年生の六月しか思い浮かばなかった。

今から五年前の二〇一一年だ。

キーボードで日付を打ちこむ。

「それで、エンターを一回だけ押してください」

「はい」

押したのと同時に、ニュース番組が始まった。

ロボットの発売がどうと言っている。インタビューを受ける人の服装はどこか古い感じがするし、町の雰囲気も違う。明らかに最近の映像ではない。

「なんですか？　これ」先生に聞く。

「過去に戻れるタイムマシンですよ。十年以上前、僕がまだ院生だった時に学園祭で出したんです。生まれた年や記念日のニュースを見られるって、好評でした」

「ええっ！　おもちゃじゃないですか」チャンスと考えたことが恥ずかしくなる。

円筒の外に出る。

「これも立派なタイムマシンです」モニターの電源を切り、ドアを閉めて鍵をかける。

「他の学生には秘密にしてください」

「わかりました」

チャイムが鳴る。

「授業に行ってきますね」先生は授業に使う資料を持ち、研究室から出ていく。

わたしは窓の外を見て、過去に戻れると期待した気持ちを落ち着ける。

五年前に戻ってやり直したいなんて、思わないようになっていた。それなのに、一度思ってしまったら、なかなか忘れられない。


夜中まで先輩の研究を手伝い、アパートに帰ってからあゆむ君にメールを送る。研究室で何があったとか、お昼に何を食べたとか、どうでもいいようなことを報告する。

あゆむ君は東京に住む彼氏だ。中学を卒業した後の春休みにわたしから告白した。四年と二ヶ月半付き合っている。

高校卒業後、二人とも地元を離れ、わたしは仙台の大学に進み、あゆむ君は東京の大学に進んだ。「仙台の大学に行く」と、わたしが言ったら、あゆむ君も仙台に行くと言ってくれると思っていた。でも、小学校からずっと一緒で、実家も近所の幼なじみだから離れても大丈夫というのが、あゆむ君の考えだった。わたしに合わせた方がわたしが嫌がるとも考えたようだ。

メールが返ってこないか、携帯電話を見つめて待ってみても、鳴る気配を感じられない。二つ折りの携帯を何度も開く。もう一時近いし、寝ているのだろう。それか、大学やバイトの友達と飲みに行っているのだろう。

浮気するタイプではないし、モテるタイプでもない。しかし、モテないというほどでもない。絶対に許さないけど、浮気ならばまだいい。真剣に好きな女の子ができたらどうしようと思うと、胸が押しつぶされそうになる。

あゆむ君に電話をかける。呼び出し音がいつもより大きく聞こえる。

「もしもし。どうしたの？」あゆむ君が出る。

外にいるみたいで、周りが騒がしい。

「どうもしないけど、メール返ってこないから」

「ごめん。バイトの先輩と飲んでて」

「女？」キツい声で聞いてしまう。

「違うよ。男だけだよ」

「本当に？」

「本当」

「メールしたら、すぐに返してよ」

わたしがもう少し優しく言えたら、あゆむ君も近くにいなきゃいけないと思ってくれたのだろうか。会いたいと素直に伝えられず、寂しいと言いたくなる気持ちを、怒ってごまかしてしまう。

「わかってるよ」

「今、外にいるの？」

「うん」

「雨は？」

「雨？　降ってないよ」

「そう」

「また明日の夜、電話する」

「いいよ。毎日話すことないし。じゃあね」

電話を切るのと同時に、失敗したという気持ちで、泣きたくなった。わたしが「いい」と言ったら、あゆむ君は電話をかけてこない。

窓の外では、まだ雨が降っている。

東京では降っていない雨が仙台では降りつづける。

あゆむ君はわたしにとって人生で初めて付き合った相手だ。小学校一年生の頃からずっと好きで、他の人を好きになったことはない。

でも、あゆむ君にとって、わたしは初めて付き合った相手ではなかった。中学三年生の時、あゆむ君には彼女がいた。六月に付き合い始めて、夏休みが終わる頃には別れたから三ヶ月も付き合っていない。彼女は、わたし達の同級生だった。わたしより背が低いあゆむ君よりさらに小柄でよく笑っていた子だ。前に問い詰めた時に、受験勉強があってほとんどデートもしなかったとあゆむ君は話していた。けど、キスはした。

今日みたいに雨が降る日、家の近所の公園にあゆむ君と彼女がいるのをわたしは見た。雨が当たらないように屋根の下のベンチに座り、顔を寄せ合って話していた。二人とも友達だから声をかければよかったのに、わたしは黙って見ていた。

キスをしているのを見たわけじゃないし、二人が一緒にいるところは何度か見ている。でも、その時の二人にはわたしの入れない空気があった。

もしもわたしが先に告白していたら、彼女とは付き合わなかったかもしれない。あゆむ君にとってもわたしがたった一人の相手になれたんじゃないかと思うと、悔しくてしょうがなくなる。


朝起きたら、雨はやんでいた。

大学に行く途中に携帯で東京の天気を調べたら、一日中雨になっていた。距離を感じたけど、雨がやんだからか、眠ったからか、昨日ほど感傷的にならずに済んだ。

授業の前に研究室に寄る。

昨日、ペンケースを置いて帰ってしまった。誰かいるような物音が聞こえなかったので鍵がかかっているかもしれないと思ったが、ドアは開いた。ノーベル賞候補と言われる研究もしているのに、不用心だ。

「失礼します」一応、声をかける。

机や研究機材の陰も確認する。椅子を並べて寝ている学生がたまにいる。今日は誰もいないようだ。ペンケースは思った通りに平沼先生の机に置いてあった。

空は曇っているけど、今日はグラウンドの向こうの新校舎もはっきり見える。その裏の山の頂上は霞んでいた。夏にはまだ遠くて、新緑という感じの緑色だ。

ペンケースをカバンに入れて授業に行こうかと思ったが、銀色の円筒が目に入った。いつもはそこにあっても気にならなかったのに、何かわかったら妙に気になった。

昨日は過去に戻れるタイムマシンだと思いこんで興奮し、違うと知らされて恥ずかしくなり、これがどういうものかちゃんと見られなかった。何年前まで見られるのか、何分間くらい見られるのか、調べてみたい。自分が生まれる前のニュースを見たら、おもしろいかもしれない。十年前、平沼先生が時空間を超える理論を発表した頃から世界は急激に進歩した。その頃のニュースも見てみたい。平沼先生の十年前の映像だってあるはずだ。

研究室のドアに鍵をかける。鍵を持っているのは先生だけだから、他の学生がいきなり入ってくることはない。

先生の机の引き出しから黄色い星のキーホルダーがついた鍵を出す。円筒の鍵を開け、ドアを開ける。

先生は軽く開けていたけど、厚さが十センチくらいある金属製のドアだ。わたしの力で開けるには重かった。

中に入る。先生が来た時に音が聞こえるようにドアを開けたままにしたかったが、手で押さえていられないし、ドアストッパーに使えるようなものもなかった。しょうがないからドアを閉める。

モニターの電源を入れて、年月日を入力する画面を開く。

まずは平沼先生のニュースを見るために十年前の二〇〇六年に設定する。十月か十一月くらいだったはずだ。十一月一日にして、エンターを一回押す。

モニターに十年前のニュースが映る。動物園でホワイトタイガーの赤ちゃんがお披露目されましたというほのぼのしたニュースだ。

これはこれで見たいけど、今はほのぼのしている場合ではない。

他の日を見ようと思ったが、操作方法がわからなかった。どこを押したら停止になるのだろう。キーボードでエスケープやデリートを押しても、映像は流れたままだ。エンターを押してみたけど、何も変わらない。期間限定でホワイトタイガーの赤ちゃんを抱っこできるらしい。もう一度エンターを押してみる。

円筒全体が音を立てて揺れる。

「地震？」

画面がニュース番組から青に替わり、表示された日付がスロットマシンのように回り出す。

ドアを開けようとしても、開かない。

「誰かいませんか？　先生！　平沼先生！」

声を上げたところで、外には聞こえないだろう。天井も塞がり、ドアに隙間はなくて、密閉されている。

しゃがみこんで揺れが収まるのを待つ。

これが倒れたら、周りに置いてあるパソコンや研究機材を壊してしまう。でも、この中はモニターは台に固定されているし、落ちてきそうなものはキーボードとマウスしかないから、安全だ。研究室の本棚が倒れたり、窓ガラスが割れたりしても、中にいれば大丈夫だ。

大丈夫、と自分に何度も言い聞かせる。カバンから携帯を出して握りしめる。開いて電話をかける余裕はないけど、揺れが収まったら、すぐにあゆむ君に連絡しよう。きっと、東京は仙台ほど揺れていない。

揺れが大きくなる。

こんなに大きな地震は初めてだ。

右手で携帯を握り、左手でドアノブを摑み、ギュッと目をつぶる。

研究科棟は戦前からある建物で、築百年近い。建物ごと崩れるかもしれない。怖い想像はしないようにして、あゆむ君のことだけ考える。あゆむ君の顔を思い出せば、安心していられる。

さらに大きな揺れが来るかと思ったが、止まった。

開かないと思っていたドアが簡単に開く。

しゃがんだまま転がるように外に出る。

本棚の本も無事だし、何かが倒れたりもしていない。窓ガラスも割れていなかった。

立ち上がり、ドアを閉める。

慌てるほどの揺れじゃなかったんだと感じたけど、何かが変だ。

机の配置は同じだし、壁一面が本棚なのも同じだ。でも、ここはいつもの研究室ではない。

並んでいるパソコンが古い。研究機材も違う。本棚に並んでいるのは研究関連の本だけで、平沼先生が集めた古書がない。置いてある機械は旧式のものなのに、机や建物自体は新しい感じがする。古いは古いのだけど、いつもの研究室よりキレイだ。

窓の外は晴れている。

山は赤や黄色に色づき始めていた。グラウンドを横切っていく学生の服装も違う。Tシャツとパーカにジーンズという格好の学生はさっきと変わらないように見える。

けど、Tシャツやパーカのサイズ感やジーンズのラインは時代によって、少しずつ変わる。

グラウンドの向こうに新校舎がない。

机に置いてあった学会の報告書と新聞で、日付を確認する。新聞の一面には、わたしが知っているより若い平沼先生の写真が載っていた。先生が捨ててしまい、研究室にはないはずの新聞だ。

理論上、過去に戻れるタイムマシンの製作は不可能に近いと言われている。未来に行けるタイムマシンもまだ人間での実験は成功していない。

しかし、ここは現在ではない。

過去だ。

十年前の十一月一日だ。

ミニスカートで生足を出しているような学生はいない。大学の中を歩いても怪しまれないように、椅子にかかっていた白衣を着て研究室を出る。

過去に戻るなんてありえないと思うが、どう見ても現在ではない。夢を見ていると考えるには、何もかもが鮮明すぎる。

一階まで階段を下りて、研究科棟の外に出る。

新校舎がない以外は大学内に大きな変化はない。中庭のベンチに座っている学生も、掲示板を見ながら授業をサボる相談をしている学生も、資料を持って歩く先生も、服装に違いはあっても行動は今と同じだ。学食や購買の場所も変わっていない。

しかし、全体的に今よりアナログで長閑（のどか）な雰囲気がある。

わたしも友達と掲示板を見て話すことはあっても、軽くチェックするだけだ。掲示板の情報は全て携帯で見られる。先生達は資料を持って歩くけど、大量にある場合は企業用ロボットに持たせる。こっちでは携帯電話は既にあっても、何もかもを一台で済ませられるほどではないようだ。企業用ロボットはまだ専門的な知識がある人にしか使えないものなのだろう。

十年前、わたしは小学校四年生だ。確かに、こういう感じだった。

携帯電話もロボットもどこか野暮ったかった。

ブラウン管だったテレビが薄型の液晶テレビになったように、この十年間で色々なものがスマートになり、身近なものになった。

わたしの地元は大学から電車で二時間行った先だ。そこに行けば、小学校四年生のわたしがいる。見てみたいが、往復する時間はない。時間の指定はできないから、現在と過去の同じ時間にしか行き来できないだろう。そろそろ戻った方がいい。平沼先生が研究室に来る。

大学内を一周してから研究科棟に戻る。

入口に人だかりができていた。中心に背の高いめがねをかけた男の人がいて、女子学生が囲んでいる。囲まれている男の人は、困った顔をしていた。

平沼先生だ。

ニュースになった直後くらいだろう。研究の成果を発表した後、追っかけみたいな女子学生が他の大学からも来て大変だったと、他の先生から聞いたことがある。

十年前の平沼先生がわたしを見ても何も思わないはずだけど、目を合わさないようにして校舎に入り、研究室に戻る。

ドアに耳を当てて誰の声も物音もしないのを確認してから、研究室の中に入る。白衣を返し、銀色の円筒のドアを開ける。

モニターもキーボードもマウスもない。ノートパソコンが一台置いてあった。さっきは転がり出たから変化に気がつかなかった。いつ、どこで、どうして、変わったのだろう。しかし、それを考えている時間は今はない。

ノートパソコンの電源を入れると、背景が見たこともないアイドルの画像になっていた。真ん中に懐中時計のデザインのアイコンがあるのは同じだ。アイコンをクリックして、日付を設定する。

さっきは、エンターを三回押した。最初にニュース番組の映像を見た時、先生は「エンターを一回だけ押してください」と言って、わたしの手元を見ていた。きっと、三回以上押すと、タイムマシンが起動するから注意していたんだ。

でも、これで未来に行けるのだろうか。

過去に戻れるタイムマシンでしかないとしたら、わたしはここで過ごさないといけなくなる。

自分がやってしまったことに手が震え、血の気が引いていく感覚がした。

もしも帰れなかったら、十年前の平沼先生に事情を話し、わたしで未来に行くタイムマシンの実験をしてもらうしかない。

まずは、これに頼ろう！

エンターキーを押す。一度押しても何も起こらない。ニュース番組の映像にもならなかった。もう一度押す。そして、もう一度押す。

円筒全体がガタガタと音を立てて揺れ始める。

しゃがみこんでドアノブを両手で持ち、目を閉じる。揺れが大きくなっても堪える。

揺れが収まる。目を開けると、ノートパソコンがモニターとキーボードとマウスに戻っていた。ドアが開く。

いつもの見慣れた研究室だ。

安心したら、腰が抜けそうになった。立ち上がり、モニターの電源を切り、円筒の外に出て、鍵をかけ、先生の机の引き出しに鍵を返す。

研究室を出て、授業には出席しないで、アパートへ帰る。

帰る途中もアパートに着いてからも同じことを考えていた。

行くならば、五年前だ。

中学三年生のわたしを見つけ出し、誰よりも先にあゆむ君に告白するように言う。

わたし一人で円筒を移動させるのは無理だ。研究室から研究室に行くことしかできない。二時間かけて地元まで行き、わたしを探し出して、また戻ってくる。中学生の時の行動範囲なんて、家の近所しかないから一時間もかからずにわたしを見つけられるだろう。説得するのに時間がかかることを考えて、六時間は必要と考えた方がいい。

時間の入力はできないから、現在と同じ時間にしか行けない。

朝いちに五年前に行き、六時間後に戻ったら、研究室に絶対に誰かいる。いなくなる夜中を狙って戻るとしても、泊まりこみで実験する人が残っている時もあるから、確実ではない。

平日の昼間に行っても、中学三年生のわたしは学校に行き、授業を受けてテニス部の練習に出ている。友達と歩いているところには声をかけられない。わたしは中学二年生で身長が止まり、顔も体型もあまり変わっていない。わたしとわたしがいるところを見られたら、騒ぎになる。探している間に、家族や友達と会うのも危険だ。研究室に人がいなくて、わたしに声をかけやすいという条件を考えると、日曜日から日曜日に行くのがいい。

土曜日の夕方に平沼先生にメールを送り、忘れ物をしたから日曜日に研究室に入れるように鍵を開けておいてほしいと頼んだ。

日曜日の朝、十時に大学へ行くと、研究室の鍵はちゃんと開いていた。他の研究室では日曜日も人のいるところがあるけど、平沼研究室では学会とか特別な理由がない限り、日曜日の午前中は休むことが義務付けられている。今日は、院生の何人かが共同研究中の企業へ行っている。他の先輩は休むと言っていた。午後になっても誰も来ないだろう。中を見て回り、誰もいないことを確認して、鍵をかける。

先生の机の引き出しから黄色い星のキーホルダーを出し、円筒の鍵を開ける。

中に入り、モニターの電源を入れ、年月日入力の画面を開き、五年前の六月の第一日曜日に設定して、エンターを三回押す。

三回目でも、揺れに慣れない。

しゃがみこんでドアノブに両手でつかまり、目を閉じる。周りを見たかったけれど、無理だ。揺れが止まってから、ゆっくり目を開ける。

モニターはノートパソコンに変わっていた。時代に合わせて機材が変わるのだろう。どの瞬間に変わるのか、見たかった。

ドアを開け、外に出る。

まだ平沼先生が教授になる前だから、古書もなくて、研究室の中の様子は十年前と似ている。しかし、窓の外を見ると、新校舎の建設が始まっていた。二〇一六年は雨が降っていなかったが、二〇一一年は雨が降っている。建設中の新校舎を覆う白いカバーに雨が打ちつけていた。大学内の様子をゆっくり見たいけど、そんなに時間はない。

あゆむ君に彼女ができるより前に、中学三年生のわたしと会い、行動を起こさせないといけない。

研究室の鍵を開けて廊下に出て、一階へ下りる。外に出て、駅へ向かう。傘を持ってこなかったから大学の前にあるコンビニでビニール傘を買った。今でも働いているおばちゃんがレジにいて、あれ？　と思ったが、入口横に並んでいる新聞の日付を見たら、五年前だった。

電車の中は落ち着かないし、暇だった。

携帯でゲームでもやろうかと思ったが、わたしが使っている携帯電話と五年前の携帯電話はデザインも大きさも違う。人前では出さない方がいい。

それに、通信もできないだろう。電話をかけたらどうなるのか実験してみたくなったけど、余計なことをするのは危険だ。あゆむ君に電話をかけて、中学三年生のあゆむ君が出ても困る。わたしが中学三年生のわたしのフリをして、中学三年生のあゆむ君に電話で告白するということも考えたが、話がややこしくなるだけだ。中学三年生のわたしは今のわたし以上に素直ではない。あゆむ君に「電話のことなんだけど」とか言われたら、「あんたの電話番号なんて知らないけど」くらいのことを言いそうだ。電話番号もメールアドレスも知っているくせに。

中学生の頃は、あゆむ君のことが好きでも、その気持ちをどうしたらいいかわからなかった。話しかけられると恥ずかしくて、小学生の頃と変わらない目であゆむ君がわたしを見ているのが悲しかった。他の女の子と話しているのを見ると、胸が苦しくて呼吸の仕方も忘れた。好きだということを悟られたくなくて、冷たくした。でも、わたしが怒ってもわがままを言っても、あゆむ君は気にせずに優しくしてくれて、なんでも言うことを聞いてくれた。それはあゆむ君もわたしが好きだからで、いつか告白してくれて、付き合うことになると思っていた。距離が近すぎてきっかけが摑めないんだ、小学生の頃と変わらないのはあゆむ君の性格の問題だ、と自分にとっていいように考えた。

だから、彼女ができたと聞いた時には、倒れそうになった。あゆむ君に直接聞いたのではなくて、クラスの他の男子から聞いた。「嘘(うそ)でしょ!」と叫んだ声が廊下に響き渡った。

今でもわたしがあゆむ君を好きなのと同じくらい、あゆむ君がわたしを好きだとは思えない。わたしが「付き合って」と怒りながら言った上に平手で叩(たた)き飛ばしたから、付き合ってくれているだけなんじゃないかと考えてしまう。やることがないと嫌なことばかり思い出す。

窓の外を見ると、雨の中に見慣れた景色が近付いてきていた。わたしとあゆむ君が生まれた時から高校を卒業するまで育った町だ。

駅に着き、電車を降りる。

改札を出ると正面に、今はないファストフード店があった。

子供の頃から何度も行き、中学生の時は友達の溜まり場だった。高校生になるとたまにしか行かなくなり、わたし達が町を出る直前に閉店した。

商店街を抜けていく。

開いている店が今より多い。大学生になってからは夏休みと冬休みしか実家に帰っていない。それでも、町がどういう状況かはお母さんから聞いたし、帰った時にも話の通りだと感じた。世の中が便利になっていくのと同時に、昔からある商店街では買い物をする人が減り、ファストフード店が閉店した後にドミノ倒しのように一気に、他も閉店していった。インターネットでなんでも買えて、家庭用ロボットを持つ家も増えてきている。わたしが中学生や高校生の頃も閑散とした町だと感じることはあった。もともと少なかった人の流れが、この一年で途絶えた。

大学で進めている研究が生活に直接関係するわけではない。でも、何かの技術が進歩すれば、相乗して他の技術も進歩する。わたしがやっていることは、誰かの生活を壊す研究なのかもしれない。

住宅街の中に入り、実家の方へ行く。

日曜日はテニス部の練習もないから、中学三年生のわたしは家にいるはずだ。もうすぐ十二時になる。十一時過ぎに起きて、テレビを見て、友達と遊ぶかお昼ごはんを買いにいくために、そろそろ家から出てくる頃だ。雨のおかげで人通りが少ない。小学生の男の子達が道路に出て遊んでいることがよくあったが、今日は家でゲームでもしているのだろう。電柱の陰とかにいたら余計に怪しく見えるから、実家の玄関が見える場所に立ち、待ち合わせをしているような顔で、わたしが出てくるのを待つ。

二軒隣があゆむ君の実家だ。あゆむ君は今も小さいけど、中学生の時はもっと小さかった。このまま大きくならないんじゃないかと思っていたら、中学三年生の夏休みに少しだけ身長が伸びて、チビとは言えないくらいの背になった。

まだ夏休み前だから、小さなあゆむ君が見られるかもしれない。

中学生の時、あゆむ君は卓球部だった。部員全員がやる気がなくて、日曜日に練習はしていなかった。休みの日に何をしていたんだろう。

付き合って四年以上経ち、なんでも知っていると思っていたが、知らないことはまだ多い。彼女も卓球部だった。卓球部内で、あゆむ君と彼女は親しくなり、今日の午後に彼女が告白して付き合うようになる。ロクに部活もしていなかったのに、どうして親しくなったのだろう。やる気がないなりの交流があったのだろうか。

「いってきます」

あゆむ君の実家の方を見ていたら、わたしの実家の玄関から中学三年生のわたしが出てきた。

あまり変わっていないと思っていたが、今より細いし、胸が小さい。ワンピースから出ている足が貧弱だ。

「美歩、傘、持った？」お母さんが玄関に出てきたようだ。声は聞こえるが、姿が見えない。

「持ってる」

「いってらっしゃい」

中学三年生のわたしは傘をさして家を出て、わたしの前を通りすぎ、走っていく。すれ違った時に目が合い、胸に引っかかるものを感じた。

わたしは、中学三年生の時にわたしと会っている。

同じようにすれ違った。家の近くに人が立っていることなんてないから何か変だと感じて、傘に隠れた顔をのぞきこんだ。自分と同じ顔をした人が自分を見ているという状況が怖かった。もう一度のぞきこむことはできず、お母さんにも誰にも言えず、通りすぎた。その後も誰にも話さなかった。

ここまで思い出し、自分の記憶が間違っていることに気がつく。あゆむ君と彼女が公園にいるのを見たのは、二人が付き合い出した後だと思っていた。でも、違う。あれは告白されているあゆむ君だったんだ。

それは、今日の午後の二人だ。

制服ではなくて私服でいるのを特別に感じた。二人がどういう関係かもわからず、話しかけることができなかった。そういうことだと予想して、でもそうじゃないと言ってもらいたかった。それなのに、あゆむ君以外の男子からそうだと聞かされ、わたしは叫び声を上げた。

中学三年生のわたしは友達の家に行く途中に二人を見る。そのまま家に帰り、お母さんに話しかけられても何も言わずに部屋にこもり、朝まで過ごした。

二人を見たショックで、わたしに会ったことも忘れた。

走っていく中学三年生のわたしを追いかける。

追いかけても間に合わない。わたしが先に告白するためには、もう一度タイムマシンに乗り、もっと前の日に行く必要がある。

そう思っても、足を止められなかった。

せめて、中学三年生のわたしが傷つかないように、今日一日は楽しく遊べるように、何も見ないようにしたい。

公園までもう少しというところで、後ろから強く手を引っ張られた。転びそうになったのを堪えて、立ち止まる。

振り返ると、平沼先生が立っていた。

五年前の先生ではなくて、わたしがいつもお世話になっている先生だ。

中学三年生のわたしは公園の前で立ち止まった。その視線の先にはあゆむ君と彼女がいる。

「先生、あの」引っ張られた手をはなそうとするが、はなしてくれない。

「過去を変えたら、西村さんの帰る未来がなくなります」先生は、わたしの目を見る。

雨が強くなる。音を立てて地面を打つ。

電車に乗り、平沼先生と一緒に大学まで戻る。

「すみませんでした」隣に座る先生に謝る。

電車はすいている。正面に座っている高校生くらいの男の子はイヤホンで音楽を聴いていて、斜め前に座っているおばあちゃんは寝ている。聞かれたらマズい話をしても大丈夫そうだ。

「謝らなくてもいいんですけど」

「……でも」

先生が来なくて、中学三年生のわたしに声をかけていたら、わたしはどうなっていたのだろう。帰れなくなり、ここに留(とど)まっても生活できない。往復分の交通費と少ししかお金は持っていないし、身分証明書の類は一切使えなくなる。ＳＦ小説や映画じゃないんだから、過去を変えてはいけない。

「どうやって、ここに来たんですか？」先生に聞く。

「タイムマシンを使ったんですよ」

「でも、わたしに追いつくことってできませんよね？　時間設定できないから」

「できますよ」

「えっ？　そうなんですか？」

「前は、年月日と時間までまとめて入力できたんですけど、もしもの時のために時間設定の画面を僕にしか開けないように別にしたんです」

「もしもの時？」

「こういう時です」

「なるほど」

「学生がどこかに行っちゃっても、時間がわかれば、ある程度捜し出せますから」

「ある程度？」

「この前、タイムマシンでニュースを見た時に設定した日付も二〇一一年の六月でしたよね？」

「はい」

「僕が研究室に来たのが十一時で、タイムマシンの鍵が開いたままでした。日曜日に忘れ物を取りにいくと言われた時点で、嫌な予感はしたんです。時間設定ができないようにしておけば、いつかのその時間にいるということです。僕は、それより前に行って捜せばいい。時間がわからないと、朝も昼も夜も捜しまわらないといけなくなります。あと、いつも話していることや他の学生から聞いた話を考えて、地元に行ったんじゃないかって予想しました。ただ、最初は違う日に行っちゃいました。タイムマシンで二〇一一年に来るのは、今日二回目です。もっとかかるかと思っていたんで、二回で見つかって良かったです。誰もいないのに、研究室の鍵が開いていたから、ここにいるって確信できました」

「時間設定ができるならば、二〇一六年でわたしがタイムマシンを使う前に行けばよかったんじゃないですか？」

「使う前に止められて、諦められますか？」

「諦められないですね」

止められたら、使えるまで執着しただろう。二〇一一年に来て、中学生のわたしやあゆむ君の姿を見たから、諦められた。

「こうなる前に、僕が西村さんにタイムマシンの存在と注意事項を話すべきでした」

「わたしが勝手に使ったから、悪いんです」

「何がしたかったんですか？」

「大したことじゃないんです」

「この前もそう言ってましたね。過去を変えたくなるくらい、大したことじゃないんですか？　言えないようなことならば、無理には聞きませんけど」

「いや、あの、付き合ってる彼氏がいまして」

「知ってます。東京にいるって前に言ってた人ですよね？　西村さんが過去に行きたがる理由は彼にあると思って、実家の辺りを捜しました」

「その彼氏と前の彼女を付き合わせたくなかったんです」口に出したら、自分の子供っぽさに恥ずかしくなった。

「意外と純粋なんですね」

平沼先生は驚いているのか、呆（あき）れているのか、どっちなのかわからない表情でわたしを見る。

「えっとですね、だって、わたしは彼としか付き合ったことないんですよ。でも、彼には前に彼女がいて、わたしが二人目の彼女で、そういうのって嫌じゃないですか？」

「他の学生は一人や二人どころか、三人も四人も付き合ってますよ」

「三人も四人も付き合ってれば、話は別ですよ」

自分で言っても、二十歳にもなって何を言っているんだろうと感じる。

「西村さんは、やっぱりちょっとおもしろいですね」

「どういうことですか？」

「今時、過去に戻りたいなんて目標を言う学生はいません。みんな、理論上無理と思っていますから」

「でも、理論上無理じゃないんですよね？」

「どうなんでしょうね」先生は首を傾（かし）げる。

「タイムマシンがあるじゃないですか」

「僕が作ったものじゃありませんから」

「違うんですか？」

「はい。あの機械がどうして過去に戻れて、未来に行けるのか、僕にはわかりません。機械の中にいる人や持ち物がデータ化されて、送られた先で、再構築されるみたいです」

「なるほど」

だから、行く先によって、円筒の中にあるものがモニターとキーボードだったりノートパソコンだったりするんだ。

「それで、西村さんは彼と彼女を付き合わせたくなくて、過去に戻る研究がしたいんですか？」

「それもありますけど。最初は世界史に興味があったんです。過去に戻れたら、遺跡の保存とか、建築物や絵画の修復とか、もっとちゃんとできるんじゃないかと思って。でも、それも過去を変えることになるから駄目ですよね」

お母さんの趣味で、子供の頃からよく美術館に行った。お父さんの趣味で、歴史を特集したテレビ番組を見ることも多かった。戦争で焼かれた絵画や、便利でキレイにしたいという人間の欲で壊された建物を、自分の目で見てみたかった。

「それがいつの間にか、彼氏と彼女の仲を裂こうという考えに」

「すみませんでした」

「遺跡や建築物を見るだけならば、タイムマシンを使ってもいいです。でも、必ず僕に言ってください」

「はい」

「と言っても、戻れるのは一九四四年までですけど」

「そうなんですか？」

「はい。ただ、過去を見るのは、いいことばかりではありません。残せないものはどうしても残せません。過去を変えたら、もっと悲惨な未来になるかもしれない。今が一番いいと思っていた方がいいです」

「はい」

研究に対する恐れを先生も持っているのだろう。

今を変えることは、過去を変えるのと同じように未来に影響する。

「彼と彼女の仲を裂いたら、彼と西村さんの関係も変わってきます」

「その話はもうやめてください」

わたしが恥ずかしがっていたら、先生は笑った。

先生の笑っている顔を見ることは滅多にない。いつも難しい顔で考えごとをしている。

「先生、あの古書はどこで手に入れたんですか？」

「なんのことですか？」

「入手困難な、貴重なものなんですよね？」

「なんのことでしょう」

「過去、変えたらいけないんですよ」

「西村さん、その傘はいつどこで買いました？」

「大学の前のコンビニで、こっちに来てから買いました」

「そういうことですよ。その程度の買い物では、未来はそれほど変わりません」

「ビニール傘と古書は、影響力が違いますよ」

「そんなことないですよ。ビニール傘一本だって、誰かの生活に影響します」

「駄目じゃないですか？」

「この世界では、西村さんが過去に戻ってビニール傘を買うことも、因果律に含まれているってことですよ」

「そんなもんですか？」

「もしかしたら、未来に帰れなくなってるかもしれませんけど」

「えっ？」

「あっ、見てください」平沼先生は、外を指差す。

雨がやみ、雲の隙間から陽の光がさしていた。


アパートに帰ったら、あゆむ君から電話がかかってきた。

「もしもし」

「美歩ちゃん、何してんの？」

「なんで？」

「メール返ってこないから」

「届いてないよ」

五年前に行っていたから、その間はメールが届かなくなっていたのかもしれない。説明できないし、届いていないと通した方がいいだろう。

「送ったよ」

「届いてないもん」

「今日、何してた？」

「研究室に行ってた」事実とは少し違うが、嘘ではない。

「また？」

あゆむ君の声が嫌そうになる。わたしが研究室のことや先生のことばかり話すから、嫉妬している。

「自分は？　何してたの？」

「バイト」

「また？」わたしも嫌そうに聞こえるように言う。

「仙台行く金貯めてんだよ」

「わかってるよ。それで、メールなんだったの？」

「何もないけど、どうしてるかと思って」

「何それ」

わたしが笑うと、電話の向こうであゆむ君も笑う。

熱いイシ

お湯を沸かすために火をつけようとしていたら、後ろから窓を打つ音が聞こえた。雨が降り始める音だった。でも、窓の外に見える空は晴れている。

「フミさん、すごいですよ。天気雨ですね」

ガラス扉に張りつき、コトちゃんは店の外を見ている。

調理場を出て、隣に並んで立つ。

雨が強くなり、扉の向こうに見える町が濡れていく。太陽の光を反射させて、雨粒が光る。町中が光って見えた。

外を歩いている人たちは手で髪の毛を押さえ、カバンを胸に抱え、屋根があるところまで走っていく。信号待ちしている高校生の女の子はカバンから赤い折りたたみ傘を出し、空を見上げながら広げた。折れたまま開いてしまい、慌てて直す。

「洗濯物」

二階のベランダに洗濯物を干したままだ。屋根がないからもう濡れてしまっているだろう。

「取りこんできます？」

「ううん。すぐやみそうだし」

今日はTシャツやタオルしか干していない。店で使うものは、洗濯しなかった。雨に降られてしまっても大丈夫だろう。わたしも広文君も、着るものはあまり気にしない。

「ここで雨宿りしていけばいいのに」コトちゃんが言う。

「そうだね。でも、ランチの片づけがまだ終わってないし、混んだら困っちゃうな」

「そうですね。先に片づけちゃいましょう」

表に出していたランチの看板を店の中に入れ、調理場に戻る。

慌ただしかったランチタイムの残骸が広がっている。今日のお客さんは、近所の奥様たちよりも近くで働いている人たちが多くて、回転が良かった。都心を少し外れた住宅街だが、デザインや建築関係の個人事務所がたくさんある。

流しに積んだままになっている洗い物をコトちゃんに任せ、わたしはアイスティーとアイスコーヒーを作る。毎日暑いから、冷たい飲み物がよく出る。

調理場と言っても、レジカウンターも入れて二畳に満たない。ガスを使って薬缶でお湯を沸かし、食洗機も使わないような調理場は、今時珍しいと言われる。一般家庭でも、ボタン一つ押せばなんでもできる機械を並べた台所が普通になってきている。家庭用ロボットを使う家も増えてきているようだ。オープン前には業者さんから、新しい機械を何度も薦められた。でも、ボタン一つでできるものをお店で食べる必要はない。カフェの雰囲気も考えて、あえて古い機械で揃(そろ)えた。

特にコーヒーにはこだわりたかった。手挽(てび)きのミルで、注文が入るごとに、豆を挽く。

二年前、彼氏の広文君と一緒に念願だったカフェをオープンした。これでオープンできるという条件が揃った時に二人で、一番おいしいコーヒーを出すお店にしようと約束した。

お湯が沸くのを待ちながら、客席も気にしておく。

さっきまで満席だったのに、今はお客さんは一人もいない。ランチタイムが終わり、お茶をするには少し早い。幼稚園のお迎えの時間帯だから、近所に住む奥様たちも来ない。今くらいの時間にはたまにあることだ。

オープンした頃は、このままじゃやっていけないと焦ったが、休憩できるからいいやと思えるようになった。夜の準備や明日のランチの仕込みにも時間をかけられる。

「こんにちは」扉が開き、田中君が入ってくる。

傘を持っていなくて、ずぶ濡れになっていた。Tシャツの袖から水滴が落ちる。

「いらっしゃいませ」洗い物をしていた手を止めて、コトちゃんは客席へ出ていく。

「タオル貸して、タオル」

「はい、はい」火を止めて、棚の中からタオルを取り、わたしも客席に出る。

タオルを渡すと、田中君は髪をふき、Tシャツやジーパンを叩くようにふいていく。

田中君は、オープンした頃からの常連のお客さんで、近くにあるデザイン事務所に勤めている。いつもラフな格好をしているせいか、二十代後半なのに、大学生のように見える。

「事務所出たらいきなり降ってきて、大変でしたよ」

「戻ればよかったじゃない」

「いや、戻るにも微妙な距離で」

「ああっ、そこには座らないで」

濡れたままのジーパンで、革張りのソファーに座ろうとしたのを止める。水を弾くビニールでできた安物とは違う。広文君が実家の倉庫から出してきた本革の超高級品だ。

開店した頃に一度だけ広文君のお母さんが店に来た。話の流れに乗せてソファーの値段を聞いてみたが、表面だけの微笑(ほほえ)みしか返ってこなかった。

「僕は客ですよ」

「他のお客さんなら、気にしないでくださいって言うけどさ。田中君はわかってるじゃん」

「どこなら座っていいんですか？」

「どうぞ、こちらに」木製の椅子に座布団を敷く。

この椅子は、広文君が勤めていた家具屋で買ったものだ。革張りのソファーほどではないが、それなりの高級品だ。

小さな子供がケーキのクリームをつけた手で触っても、打ち合わせに白熱した人がコーヒーをこぼしても、広文君は何も言わないけど、わたしはそのたびに少し落ちこむ。

椅子やテーブルはちょっと懐かしい感じがして、お洒落(しゃれ)に見えればいいという程度で抑えようと決め、コーヒーほどこだわらないつもりだった。それなのに、広文君の趣味で、アンティークや有名デザイナーの高級家具を揃えた。

店にはバランスやデザイン性を考えてものを置いているが、二階の居住スペースには好きなものを並べられるだけ並べている。コトちゃんには、逆に悪趣味ですよねと言われた。

最近では、広文君はカフェよりもレジ横で売る雑貨に力を入れている。本当は家具屋に戻りたいのかもしれない。

「今日、ご主人どうしたんですか？」

「骨董市。朝から車で出かけた」

「へえ。どこ行ったんだろ」

「さあ」

アルバイトのコトちゃんがいる日は、店は任せたと言って広文君は骨董市や古道具屋巡りに行ってしまう。前は、どこに行くの？　何時に帰るの？　と聞いていたが、いつからかどうでもよくなった。

「僕も行きたかったな。あれ？　ご主人って言っても否定しないんですね。まさか、ついに結婚決めたんですか？」

「決めてません。否定するの面倒くさくて。それよりご注文は？　コーヒーでいいの？」

「はい。いいです」

調理場に戻り、気持ちを集中させてコーヒー豆を挽く。

豆屋のおじさんに少しだけわけてもらった希少種があり、田中君にも飲ませてあげようかと思ったが、もったいないからやめた。

広文君とは、大学三年生の春から付き合っている。

今年の春で、恋人になって十周年を迎えた。お互いに初めて付き合った相手で、恋愛が何かもわからないまま、よくつづいたものだ。

店の場所を探す時、二階に住める物件にしようと決めたのは、広文君だ。それは二人で住むということであり、店のオープンと同時に結婚すると、うちの両親も友達もわたし自身もみんなが思っていた。しかし、一緒に住み始めただけで、プロポーズの言葉は未だに聞けていない。

田中君以外のお客さんに奥さんとかご主人とか言われた時には、否定するのも変に思われそうだから、笑って聞き流す。

コーヒーを淹れて客席へ戻ると、コトちゃんも田中君の正面に座っていた。田中君は手に五センチ角より少し大きい石を持ち、熱心に何か話している。

「何？　また怪しいもの？」コーヒーを置き、わたしも話に加わる。

「違いますよ。この中を見てください」田中君は石をテーブルの上に置く。

わたしとコトちゃんは顔をくっつけて、石の割れ目をのぞきこむ。表面は白くてゴツゴツしているのに、中は滑らかで紫色をしていた。

「アメジスト？」

「違います。これはですね、南米のある地域でしか手に入らない貴重な鉱石なんです」

「へえ」

「もっと関心を持ってください。いいですか？　これはその地域に住む少数民族の儀式にも使われている門外不出のものなんですよ。まあ、最近では観光客相手の遊びにも使われているみたいですが」

「門外不出じゃないじゃん」

「かつては門外不出で、伝説の石と呼ばれていたんです」

「ああ、そう」

わたしだって、鉱石に興味はある。アンティークだって高級家具だって憧れていた。

大学を卒業して会社に勤めていた頃は、カフェを開き、好きなものに囲まれて過ごす日々を夢見ていた。しかし、現実になってしまうと、ありがたみが薄れる。維持費やクリーニング代ばかりに頭がいってしまう。

店を開く資金はわたしと広文君の貯金でどうにかする約束だったのに、結局は広文君の実家に借金している。

「それで、その石がなんなの？」コトちゃんが聞く。

「さすがコトちゃん、よく聞いてくれた。これは、日本ではアツイイシと呼ばれていて、石と意志や意思をかけているんだね」田中君はボールペンをコトちゃんに借りて、紙ナプキンに書いて説明する。「民族の儀式では、成人や婚姻の意思を確認するのに使われているんだ。それで、観光客相手には山やジャングル的なところに入る前に本当に入る気はあるのかって、遊びとして使われている」

「その石で、どうやって意志や意思がわかるの？」

「コトちゃん、これを強く握って」財布を出して、中から宝石のようにカットされた紫色の石を出す。

テーブルの上に出ている石から削りとったものだろう。握りしめると手の中に隠れるくらい小さい。

「こうでいいの？」

「なるべく無心になって」

「はい」

「コトちゃん、広文さんのことは好き？　上司としてってことでいいよ。恋愛として、あの人を好きになれるのはフミさんくらいだから」

「好きかな。でも、たまにしか会わないから」

「手を開いて」

「あっ。色が変わった」手の中の石が青くなっていた。

「もう一度握って。これから大切な質問をするからね」

「うん。何？」

「僕のことは好き？」

「全然」

「手を開いて」

「また変わった」さっきよりも色が濃くて藍色になっている。

「僕より広文さんが好きってことか」

「どういうこと？」わたしが聞く。

「質問に対する気持ちがわかるんです。答えが嘘か本当かではなくて、質問に出てきた人や物を思い浮かべた時の気持ちの強さで色が変わります。紫、藍、青、緑、黄、橙、赤って」

「十五年くらい前に流行ったよね、そういうの。気分や体調によって色が変わる指輪とか。温度で変わるんでしょ」

高校生くらいの頃に話題になって、雑貨屋でよく売っていた。今でも通販で売っているのをたまに見かける。感温液晶という素材で作られていて、周りの温度や持つ人の体温で色が変わる。天気によって気分は変わるし、熱が出れば体調が悪くなるから、外れてはいない気がした。

子供向けのおもちゃも進化してきているみたいだけど、こういうものは変わらず残っているのだろう。

「違います。そんなインチキと一緒にしないでください」田中君はコトちゃんの手から石を取り、財布の中へ戻す。「温度で変わるならば、青になったものがすぐに藍色になるという後退はありえませんよね？　というかですね、あのインチキの発想の大本がこれなんです。本物が手に入らないから、ああいうものがおもちゃとして作られてしまい、本物も否定されるなんて悲しいなあ。これは南米に行った友人に手に入れてもらった本物なのに」

「だって、どうやって気持ちがわかるの？」

見た目は爽やかな青年なのに、田中君の話はいつもうさんくさい。空を飛べる石だと言い、青いガラス玉を持ってきたこともある。どうせまた、会社の先輩や取引先のおもちゃ会社の人にでも騙（だま）されているのだろう。

「それが神秘ですよ。フミさんも試してみますか？」

「うん」手を差し出す。

田中君はもう一度財布から石を出して、わたしの手の平に載せる。藍色になった石が紫色に戻っている。

「強く握ってください」

「はい」石を握る。

感触は普通の石と変わらない。少し冷たくて、表面がツルツルしている。

「無心になってください」

「はい」

「大切な質問をするので、時間をかけて心を落ち着けましょう」

「うん」

「いいですか？」

「うん」

「いいですか？」

「いいよ」

「広文さんのこと、好きですか？」

「ん？」思わず首を傾げてしまった。

しかし、手の中が急に熱くなり、それどころではなくなる。

「熱いっ」握っていられなくなって、放り投げてしまう。

床に落ちた石は、真っ赤になっていた。

「やっぱりな、赤を見るにはこれしかないと思ったんだ」紫色に戻るのを待ち、田中君は石を拾う。「今のがアツイイシと言われる理由です。でも、熱を持つほどになることは滅多にないんですよ。これ、お貸しします。それで気が向いたら、レジ横で売ってください。値段は応相談って感じで」

「広文君に聞いておく」

「大切な質問には時間をかけてくださいね」

大きな石と小さな石をテーブルの上に置き、田中君は店を出ていく。

雨がやんで、虹が出ている。

紫、藍、青、緑、黄、橙、赤。一番上の赤だけが濃く見えた。

閉店時間は夜の十一時だ。

お客さんがいる時はもう少し遅くまで開けているし、いない時はもう少し早く閉めてしまう。

今日は十時過ぎにお客さんがいなくなり、明日のランチの仕込みも終わったから、少し早めに閉めた。電気を消して、戸締まりを確認してから二階へ上がる。

「もう終わったの？」テーブルの前に座っている広文君が顔を上げて、わたしを見る。

広文君の顔は、初めて会った大学一年生の頃から変わっていない。くっきりした部分が一箇所もないぼやけた顔をしている。髪型もずっと同じだ。マッシュルームカットというのだろうけど、そんな西洋っぽい雰囲気はなくて、しめじカットとか言った方が合っている気がする。着ているポロシャツも大学生の時に買ったものだ。何度も洗って、古着みたいになっている。

「早めに閉めちゃった」

「そうなんだ」

「それ、何？」テーブルの横のソファーに座る。

テーブルの上には、濃い緑色の茶碗が置いてある。ごはんを食べる茶碗ではなくて、茶道で使う茶碗だ。木箱もついていて、高そうなのは見ただけでわかる。骨董市から帰ってきた後、広文君は二階へ上がってすぐに店に下りてきた。コトちゃんが帰った後はしばらく店に出ていた。そわそわして落ち着かなそうだったから、何か買ってきたんだろうとは思っていた。明日の日替わりランチどうする？　と聞いたら、スペインオムレツ！　と即答した。普段はどうしようってさんざん悩んでフミちゃんが決めてとか言うくせに、考えごとをしている時は答えが早い。お客さんがいなくなると二階へ戻り、そのまま下りてこなかった。

「これ、いいでしょ？」広文君は茶碗をそっと手に取る。「フミちゃんも欲しいって言ってたやつだよ」

「何？」

「前にバラエティ番組見て、ああいう茶碗欲しいなって言ってたじゃん。秋になったら、公園の紅葉見ながら抹茶飲みたいって。僕は紅葉より桜がいいな」

「えっ？」

そういう話をした憶えはあった。目利き対決みたいな番組で、百円のものと高いものが台の上に並んでいて、百円のものを当てる。あの茶碗が百円だったら欲しいなとは言ったが、それは北大路魯山人作で十万円以上した。その番組には魯山人のものが多く出て、百万円以上のものが出たこともある。

「骨董市に店を出していたおじさんが知り合いの店で扱ってるって言うから、紹介してもらったんだ」

「本物なの？」

「ニセモノ買うはずないじゃん」

「いくらしたの？」

「こういうのは値段じゃないから」茶碗をテーブルの上に戻し、笑みを浮かべる。

「そうだね」

店の売上ではなくて、お父さんかお母さんにもらったお小遣いで買ったのだろう。わたしに文句を言う権利はないし、言っても広文君には伝わらない。

「もう一つ手に入るといいな。そしたら、一緒に抹茶飲もう。抹茶はフミちゃんに任せるよ。これに合ったお茶探しておいてよ」

「うん」

「楽しみだね」

「先にお風呂入るね」

「どうぞ」

寝室に行き、パジャマを取ってからお風呂場へ行く。

六畳の寝室には、イタリア製のダブルベッドがドーンッと置いてある。木製のベッドフレームには花柄の彫刻が施されている。どこかの国のお姫様が寝ていそうなデザインだ。店のガラス扉も裏の通用口も通らず、クレーンで吊り上げてベランダから部屋に入れた。おかげでこのベッドがあることは、ご近所中で有名だ。

ここに引っ越してきた時に広文君のお父さんからお祝いにもらった。結婚もしていないのに、お祝いにダブルベッドって何？　と気持ち悪くなったのだけど、広文君のリクエストだった。このベッドで寝るのが長年の夢で、一人暮らしでも二人で住むのでも、実家を出たらこれを買うと決めていたらしい。広文君に一人暮らしは無理と思ったが、その時には既に突っこむ気力がなくなっていた。

広文君は大学でもお坊ちゃまで有名だった。

その頃の広文君は時計に凝っていて、スイス製の腕時計をしていた。まだキレイだったポロシャツの胸元では、ブランドのマークが輝いていた。どこか有名企業の社長の息子だとか、見た目に反してヤバい家の三代目だとか噂されていた。実際は土地持ちの一人息子だ。持っている山からロボット開発に必要な金属が発見され、不動産以外にも莫大な財産を手に入れたらしい。どれにしても、一般庶民のわたしとは違う感じがした。

同じ学部で同じ学科で授業が一緒になることも多かったが、一、二年生の頃は話したことはほとんどなかった。

休講になったのを知らずに教室へ行ったら、同じように広文君も来て、休講みたいだねと言い合っただけだと思う。大学生の頃のわたしは人付き合いがあまり得意ではなくて、男の子と喋るのは特に苦手で、いつも女の子の友達といた。広文君も同じような感じで、おとなしそうな男の子たちといつも一緒にいた。

大学三年生の四月に図書館で本を読んでいたら、広文君が来て、何も言わず隣に座った。わたしの横顔を見て黙っているだけなので、なんですか？　と聞いたら、好きですと告白された。

そんな不気味な告白にどうしてうなずいたのか、今となってはさっぱり思い出せない。他の女の子たちのように男の子と付き合うなんて自分には無理だと思っていたから、この人なら大丈夫そうと思えたのだろうか。広文君は顔を真っ赤にして、わたしの目を見ていた。窓の外では、桜の花びらが舞っていた。

よく晴れた暖かい日で、わたしの顔も熱くなった。

付き合い始めてからは、普通の恋人同士のようにというのは難しいが、ゆっくりと距離を縮めた。昼休みに会い、放課後に会い、休みの日に二人で出かけ、一人暮らしをしていたわたしのアパートに広文君が遊びにくるまで一年かかった。その頃から、けんかもするようになった。わたしだけが怒っていることがほとんどだ。でも、広文君が怒っていることもある。大学を卒業して、会える時間が減ると広文君は機嫌が悪くなった。

将来は一緒にお店を開こうと広文君が最初に言ったんだ。わたしも、就職した会社でうまくやっていけず、カフェや雑貨屋で働きたいと考えていた。

こういうお店がいいねと夢を見て、二人の力でやっていこうと約束していた時は楽しかった。大変だったのは、開店準備を始めてからだ。お店で使うお皿一つ決めるために、何時間も話し合った。言い合いに慣れていなくて、意見がわかれると、二人とも黙りこんだ。もう別れるしかない、お店をやるなんて無理だと何度も思った。そのうちに何をどっちが決めた方がいいかわかるようになり、それからはうまく話が進んだ。

しかし、広文君は二人で貯めた資金を使い切ってしまい、わたしに黙って実家からお金を借りた。それを知った時には、無念さで泣いてしまった。それなのに、これで安心だねと言い、広文君は笑っていた。

どれだけ待っても、プロポーズされることはないだろう。

好きと言われたのも、告白された時だけだ。前は会える時間が減ると寂しいとかつまらないとか言ってくれたが、二人で住み始めてからはそれもなくなった。お互いに触れることもなくなり、イタリア製のダブルベッドではただ眠るだけだ。

お風呂から上がったら、広文君はまだテーブルの前に座っていた。体育座りして茶碗を眺めている。

紅葉の季節までに別れるということはないと思うが、来年の桜が咲く頃には一緒にいないかもしれない。

「お風呂あいたよ」

「うん」広文君は、茶碗を見つめたままうなずく。

「そういえばさ、コーヒーミルの調子が悪いんだよね」

「どうしたの？」

「感触がいつもと違う」

田中君のコーヒーを淹れるために豆を挽いた時は気にならなかったのに、次のお客さんの時にはいつもより重く感じた。

「壊れたのかな」

「もう二年も使ってるしね」

　家で二年使ったくらいでは壊れるはずがないしっかりしたものだが、店では一日に何度も使うため、負担が大きいのかもしれない。

「新しいの買えば？」

「いいの？」

「だって、コーヒーは大切だから」

「定休日に一緒に買いにいこう。今度の水曜日、予定ある？　二年経ってるし、今までのよりいいのがあるかもしれないよ」

「フミちゃん一人で行ってきていいよ。僕はなんでもいいから」

「なんでもいいって何？」

　ソファーに並ぶクッションを投げつけたくなったけど、がまんした。茶碗に当たって落としてしまったら、広文君も久しぶりに怒るかもしれない。

「だって、コーヒーはフミちゃんの担当じゃん」

「一番おいしいコーヒーを出す店にしようって、二人で最初に約束したでしょ」

「そうだけど、そこまでこだわりないし、僕にはよくわからないんだよね。希少種の豆とか言われてもさ、まずいのは良くないけど、味の違いとかそんなにあるの？」

「もういいよ。一人で行くから」寝室へ行き、ドアを閉める。

広文君の実家にお金を出してもらったことを無念だと思ったわけではない。贅沢しなかったとしても、わたしと広文君が働いて貯めたお金だけでは足りなかった。二人でやっていこうと約束したのに、それが広文君にとっては簡単に破ってしまえることだと思ったら、涙が落ちた。

田中君が置いていった石は、まだ広文君に見せていない。

店のレジ下の棚に隠してある。広文君は鉱石も好きだから、見れば喜んで興味を示すだろう。コーヒーミルはなんでもいいと言うのに、家具とか器とか石とか、血にも肉にもならないようなものには目を輝かせる。

あの石は絶対にインチキだ。コトちゃんと他のお客さんと調べてみたけど、温度で色が変わるわけではなさそうだった。橙までは出たが、赤くなることはなかった。でも、トリックがあるはずだ。

真っ赤になるほど、わたしは広文君に対して強い気持ちを持っていない。

夜中に目を覚ましたら、広文君は隣で眠っていた。

お風呂を出た後にメールが届いてしばらくやり取りしていたから、わたしは先に寝た。広文君は、たまに夜遅くまでメールをしていたり、外に電話をかけにいったりする。浮気しているのかもしれないと思ったことはある。こっそり携帯電話を見てみたが、女の気配は全くなかった。メールの履歴には骨董品情報が並んでいた。電話も古道具屋とか家具屋だけだった。

広文君が浮気していれば楽なのかもしれない。何かを決断するきっかけになる。別れることも他の人とデートすることもなく、二人の世界に閉じこもることを選んでしまった。店を開いたことがゴールになり、いつまでもこのままなのかもしれない。

寝ぼけたフリをしてもう少し近くに寄ってみようかなと思った。暑かったから、やめた。

広文君は今日も朝早くに車で出かけていった。

骨董品好き仲間から魯山人の茶碗に関する情報が入ったらしい。夜のメールはそれだったようだ。隣の県まで行ってくる、昨日買ったのと似たようなやつだといいね、そう言ってはしゃいでいた。

「魯山人って、マジであるんですね？」茶碗を持ち、コトちゃんが言う。

「あるんだよ。買えるんだよ」

抹茶を飲むのに使うのもどうかと思うが、飾っておくだけにするのはもったいないから、お客さんがいない間にコトちゃんに披露することにした。

差しこむ光が眩しすぎて、調理場の奥に二人で避難している。小学校や中学校はもうすぐ夏休みだ。子供たちの授業が午前中だけで終わるからか、いつもは朝からお茶にくる近所の奥様たちが今日は来ない。

店をオープンしたのも夏だった。

お盆の頃で、近くにある会社は夏休みに入っていて、お客さんどころか町を歩いている人もいなかった。広文君と二人でソファーに座り、ぼうっとしていた。

コトちゃんが最初のお客さんで、アルバイトをしたいと言ってくれた。人を雇う余裕なんてなかったのだけど、広文君が即決で採用した。お盆が終わった頃に田中君が初めて来て、会社の人に広めてくれて、その後は順調にお店が回るようになった。

採用しておいて良かったねと広文君に言ったら、フミちゃんに合う人だって直感でわかったんだと得意満面で言っていた。そういう意味ではなかったのだが、それでもいいかと思って何も言わないでおいた。

「すごいな。フミさん、愛されてますね」

「どこが？」

「だって、欲しいなって言ったら、魯山人買ってきちゃう彼氏なんていないですよ」

「コトちゃん、そんなものを愛と思ったら駄目だよ」

「そうですか？」

「これは愛じゃないよ」

広文君以外の人と付き合ったことがなくてわからないけど、普通はありえないことで、喜ぶべきことなのだろう。

ただ、わたしが本気で欲しいものとは大きくずれている。それが何か、口に出さなければ広文君は気がつかないのだろうけど、自分でも何が欲しいのかよくわからなかった。このまま、わたしはコーヒーとお店の経営、広文君は食器と雑貨とお店の内装と担当をわけて口出ししないようにすれば、幸せにやっていける。でも、それでは共同経営者でしかなくなってしまう。

「ただいま」広文君が帰ってくる。

「おかえり、早かったね」調理場から店の方へ出る。

「ガセネタだった」下を向き、しょんぼりしている。

「そっか」

「ランチタイムは店出るから、それまで休んでていい？」

「うん、いいよ」

背中を丸めて、広文君は二階へ上がっていく。ガセネタでよかったと思っても、わたしもしょんぼりしてしまう。

「そばにいた方がいいんじゃないですか？」コトちゃんが言う。

「いいよ。大丈夫だよ。よくあることだもん」

こうして心配する感情も恋だと前は思っていた。十年一緒にいるうちに、それもよくわからなくなった。

「こんにちは」田中君が来る。

「いらっしゃい。珍しいね、朝から来るの」

「午後は会議あるんで。石って、どうなりました？」

「ごめん。広文君にまだ聞いてない」

「早く聞いてくださいよ」

「ちょっと魯山人とか色々あって」

「魯山人？」

「これです」コトちゃんが茶碗を出す。

「うわっ！　本物だ！」

「すごいでしょ」驚いたりはしゃいだりできない自分が悪いようで、気分が沈んだ。

「浮かない顔で言うのやめてくださいよ」

「広文君はさ、この魯山人をわたしが喜ぶと思って買ってきたの。嬉しいよ、嬉しいけど、なんか違うんだよね。わたしのためって言いながら、自分が欲しいもの買ってきてるだけじゃん。いくらするか知らないけど、十万以上は確実にするでしょ」

「二十万、もっとするかもな」

「広文君の実家にとってわたしって何？　嫁でもないのに、金を取れるだけ取ってるみたいじゃない？」

「気にする必要ないんじゃないですか？　フミさんが喜べば、広文さんはそれが嬉しいんですから」

「そんなに、広文君に好かれている感じもしない」

プロポーズしてくれないしと言いそうになり、言葉を呑みこんだ。そんなことはコトちゃんや田中君に言うことではない。

「そんな時こそ、あの石ですよ。広文さんの気持ちを確認してみればいいんですよ」

二階のドアが開く音が聞こえて、広文君が階段を下りてくる。話が聞こえたのかと思ったが、しょんぼりが抜けきっていない顔をしていた。田中君にいらっしゃいと言い、調理場へ行って水を飲む。

「やってみましょうよ」小さな声でコトちゃんが言う。

「やりましょう」田中君も言う。

「いいよ、やらなくて」

「駄目です。やります」レジカウンターに入り、コトちゃんは棚から石を出してくる。

「何それ?」広文君が石に気がつく。

「広文さん、こっちに来てください」田中君は広文君の手を取り、ソファーに座らせる。

「フミさんはここ」コトちゃんに手を引かれ、わたしは広文君の正面に座る。

テーブルの上には大きい石と小さい石が並んでいる。

広文君は、アメジストでしょ? と田中君に聞く。田中君は違いますと答え、昨日の午後にわたしとコトちゃんにしたのと同じ説明をする。広文君の話への喰い付きはわたしたちとは比べものにならなかった。表情を輝かせて、質問を重ねていく。話しすぎると、この後の実験ができなくなるから、うまく隠しながら田中君は答える。

「二人は離れて座ってて」

説明が終わるのを待ち、田中君とコトちゃんには離れて座ってもらう。聞き耳を立てているが、真横にいられるよりいい。

田中君は昨日、大切な質問には時間をかけてくださいねと言っていた。この石にトリックがあるならば、そこが鍵になるのだろう。

「広文君、この石を強く握って」小さい石を渡す。

「うん」

「今から大切な質問をするからね」

しかし、大切な質問ってなんだろう。

魯山人はいくらしたの？　お店のことをどうしたいの？　家具屋に戻りたいの？　どういう生活がしたいの？　結婚する気あるの？　ずっと、このままなの？

聞きたいことはたくさんある。でも、わたしが広文君に聞きたい大切な質問は、どれなんだろう。

「何？」

「えっとね」

「どうしたの？」

「えっと」

「何？」

「わたしのこと、好き？」

「えっ？　うわっ、熱いよ」広文君は手を開く。

真っ赤になった石が転がり落ちる。

広文君の顔は石よりも赤くなっている。

きっと、わたしの顔はもっと赤い。

自由ジカン

教室に秒針の音が響き渡る。

あと十秒、九、八、シャーペンが走る音、先生が机の間を歩く足音、何かが床に鈍く跳ねる。後ろの方の席で、誰かが消しゴムを落としたのだろう。先生の足音が止まり、また歩き出す。

この計算の答えさえ出せれば、解答欄を全て埋められる。少しだけ時間が足りない。あと一分もいらない。三十秒あれば、充分だ。

計算式だけを見て、心の中で「ろーく」と唱えながら、ゆっくりと息を吸う。秒針の音も、シャーペンが走る音も、先生の足音も、わたしの呼吸のリズムに合わせ、ゆっくりになる。そう感じているのは、教室の中でわたしだけだ。

最後の解答欄に答えを書きこむ。顔を上げ、呼吸を通常に戻す。周りの音もいつも通りに戻る。三、二、一、チャイムが鳴る。

「シャーペン置け」先生は教壇に戻る。「後ろから集めて」

「終わったぁっ！」一番後ろに座る男子が叫ぶ。そこから波のように教室中に「終わったぁっ！」という空気が伝わっていく。

「どうする？　カラオケ行く？」

「部活だよ、部活」

「プール行こうよ」

「ええっ、市民プール？」

「アイス食べたい。コンビニ寄って帰ろう」

後ろから回ってくる数学の答案用紙に自分の答案用紙を重ねて前に回しながら、クラスのほぼ全員が一斉に喋り出す。隣の教室からもその隣の教室からも同じように騒いでいる声が聞こえる。爆発したように一瞬で、学校中が騒がしくなった。

一学期期末テストが終わった。あとは夏休みを待つだけだ。

その前に採点された答案用紙が返ってくるが、気にしない。来年は高校受験で勉強ばっかりしないといけなくなるから、今年は遊ぶ。大量に出される宿題は、休みが終わる頃にどうにかする。

「大道(おおみち)、プール行こうよ」前の席のみっちゃんが振り返って言う。

「行こう。いつ行く？」

「今日、午後から。部活休みだし」

「今日はちょっと無理なんだよね」

「なんで？ 徹夜で勉強してたとか」

「そんなことしないよ。今の数学もできなかったもん」

「そうだよね」夏休みに浮かれているのか、勉強しなかった仲間を見つけたと思っているのか、嬉しそうに笑う。

みっちゃんとは小学生の頃からの友達だ。わたしもみっちゃんも中学二年生女子の平均身長よりやや小さくて、体つきもまだ子供っぽい。成績は悪いってほどではないけど、良くはない。中学生になって二人ともバドミントン部に入り、いつも一緒に遊んでいる。男子からは普通女子に分類されているらしい。いけてる女子、普通女子、いけてない女子の三段階にわけられる。バドミントン部の普通男子が教えてくれた。

わたしが普通女子でいるのは、夏休みが始まるまでだ。

休みが終わる頃、わたしはいけてる女子以上の特別な女子になっている。学校の中だけで特別なのではなくて、日本中で特別な女子になる。もしかしたら、世界中でかもしれない。

「明日は？」みっちゃんが言う。

「部活じゃん」明日は土曜日で学校は休みだけど、部活がある。

「午前中だけだから午後行こうよ」

「夕方、用事があるんだ」

「何？　用事って？　最近、忙しいね。塾とか？」

「行ってないよ、来年からでいいでしょ」

「そうだよね。じゃあ、明日は部活終わったらお昼ごはん食べて、プール行こう。夕方はわたしもピアノあるし」

「うん。いいよ」

こうして友達として仲良くしていられるのも、あと少しだ。その間はみっちゃんと遊ぶのもいいだろう。

「まだホームルームあるからな。静かにしてろよ」数学の答案用紙を持ち、先生は教室を出ていく。

もともと数学は苦手だから、できたとは思えない。全て埋めたが、解き方がわからなくて適当に書いたところもある。でも、最後の問題を解けたのは大きいはずだ。わたしとしては、いい点数をとれるかもしれない。

野球部やサッカー部の男子が着替え始める。

ロッカーに入れたままだったユニフォームがくさいと騒ぎ、窓を開ける。熱く湿った風が吹き、クーラーで冷えた教室の空気をかき混ぜていく。

本棚に置いてあるゲームのキャラクターの形をした時計を見つめる。進め！　と、声には出さずに念じる。秒針はそのままで、短針と長針が十分ぶん進む。

「何してんの？」オレンジジュースとお菓子が載ったお盆を持ち、ショウジが部屋に入ってくる。

「何もしてないよ」

「何かしただろ」テーブルがないからお盆を床に置く。

「してないって」オレンジジュースをもらい、一口飲む。

「動かした？」本棚から時計を取り、携帯電話と見比べる。

「時間合ってなかったんじゃん。その時計、小学生の時から使ってんでしょ。壊れてんだよ」

「嘘つくなよ」

「はい、すいません。ちょっと動かしました」

ショウジは時間を合わせて時計を本棚に戻し、お盆を挟んでわたしの正面に座る。

もう一度進めてやろうかと思ったが、本気で怒られそうだからやめておく。

わたしのうちはマンションの五階にあり、ショウジのうちは三階にある。

幼稚園の頃からの幼なじみというやつで、今年は同じクラスになった。と言っても、幼稚園も小学校も中学校も一緒の友達はたくさんいて、もともと仲がいいわけではない。前は地区の子供会で遊んだりしたが、小学校四年生頃から話すこともなくなった。マンションで会っても無視し合う。

たとえば、ショウジがいけてる男子とまではいかなくても、せめて普通男子だったら、仲良くしようと考えたかもしれないが、誰が見てもいけてない男子だ。身長はわたしより小さくて、中学に入る時に買った大きめの制服はまだぶかぶかだ。クラスでいじめられているわけではないけど、存在感がない。数学のテストが終わってみんなが騒いでいた時も、黙って下を向いていた。

しかし、先月の初めからわたしはショウジの部屋に来るようになった。

超能力者が出るテレビ番組が去年から流行っている。安っぽい手品師のような人も多いけど、超能力としか思えない人もいる。

家庭用ロボットが発売されて、タイムマシンの研究が進められる時代に念力や瞬間移動もないだろと言われて最初は話題にもならなかったが、超能力者が続々と現れて人気が出てきた。中には、アイドル並みにファンがついている人もいる。ショウジのいとこがその番組でスタッフをやっているとお母さんから聞き、テレビに出るためにショウジに声をかけた。

わたしは子供の頃から念力を使える。

コントロールできずに、子供会でおやつ用のスプーンを曲げ、時計の針をグルグル回していたのをショウジは憶えていたから話は早かった。

他の友達も憶えていて「大道も念力使えたよね？」と聞かれても、「子供の頃はね」と言って、今はもう使えないことにしている。お母さんとお父さんに「人前でやらないようにしなさい」と言われたからだが、最近は理由が変わってきた。

念力以外にわたしには、時間を自由に操れる力がある。

その力をみっちゃんや他の友達には黙っておいて、夏休み中にテレビで発表する。

そして、わたしは超能力アイドルになる。

「今日さ、数学のテストで力使っちゃった」クーラーに念力を送って温度を下げる。

「そういうの、やめた方がいいよ」ショウジはリモコンを取り、クーラーの温度を上げる。

「ちょっとだけだよ。三秒を三十秒にしただけ」

「クセになると良くないよ」

「ちょっとくらいいいじゃん。どうせ、時間が伸びてもできない問題はできないもん」

「そうだけどさ」

テレビに出たいからショウジに力の話をしたが、話すんじゃなかった。いとこの連絡先だけ聞いて、直接売りこめばよかった。

ショウジはクラスではおとなしいのに、わたしに対しては気が強い。わたしがいけてる女子だったらもっと扱いがいいのかもしれないけど、普通女子だから軽く見ているのだろう。夏休み中にわたしは超能力アイドルになるのだから、考えを改めた方がいい。売れっ子になるためにチーム大道が結成されたら、すぐクビにする。

「でさ、テレビでどうやって見せる？」ショウジが言う。

「どうしようか？」

収録は来週末だ。ショウジのいとこと他の番組スタッフにも会い、オーディションを受けて出演は決まったが、派手に見えるように見せ方を考えてきてと言われた。

時計の針を回したり、スプーンを曲げたりする念力はわかりやすいが、テレビでやるほどのことではない。トリックがあるものを含めて、できる人はたくさんいる。誰よりもうまく力を使える自信はあるけど、インパクトがない。子供にだってできることだ。

時間を操る力を披露したい。でも、見せ方が難しい。

地球全体の時間を戻せるとか、進められるとかいうわけではない。わたし個人の問題で、時間を伸ばせるだけだ。カラオケで一時間延長するみたいな延ばし方ではなくて、みんなが三秒を三秒として使っている時に、わたしだけが三秒を三十秒として使える。誰かと一緒に何かしている時は、相手に影響されるから力は使えなくなる。一人で部屋にいる時や、テスト中みたいに他の人に見られず一人で問題に向かっている時にしか使えない。

小学生の時は、時間がもっとあればいいのにと願うのは友達と遊んでいる時だけだった。中学生になり、テスト勉強や夜中までまんがを読みたい時に、時間がもっとあればいいのにと願うようになり、自分にそういう力があると気がついた。

一年生の二学期期末テストの前だった。テスト勉強をしていても時計が進まないから、最初は無意識に念力を使って時計を止めたのかと思った。けど、時間が経っているはずなのに、外の景色も変わっていない。学校から帰ってきて机に向かい、数学の問題集を解いた。一時間以上かかったのに、窓の外は帰ってきた時と同じままの夕焼けが広がっていた。実際には十分も経っていなかった。

それからテスト勉強を忘れて実験を繰り返し、わたし一人の時間ならば、自由に伸縮できると判明した。勉強時間も、まんがを読む時間も、睡眠時間も、好きなだけ伸ばせる。縮めることもできるが、使う機会がない。

「タイムマシンができるかもしれないっていうのに、時間がどうっていうのが弱いんだよな」クッキーを食べながら、ショウジは考えこむ。

「そうだね」わたしもクッキーを食べる。

ショウジの家は共働きで、兄弟もいない。おやつがいつも用意されている。うちはお母さんとお姉ちゃんがいてうるさいから、作戦会議はショウジの家でやることになった。

「時間を操れるって、もっと壮大な感じの言い方ないかな」

「嘘はやめてよ」

「嘘にならない範囲で、インパクトのある言い方」

「インパクトねえ」

「多少は大袈裟(おおげさ)でもいいと思うよ。専門家の人がうまく言ってくれるだろうし」

番組では力の発表の後に、専門家たちが審査する。バラエティ番組なので、トリックっぽくても批判されることはほとんどない。しかし、そこで専門家の目に留まると、大学や企業の研究室に呼ばれることもあるらしい。研究で成果を出せれば、世界的なスターになれる。

「問題は見せ方だよな」

「そうだね」

オーディションの時はカーテンに囲まれた中に一人にしてもらい、三十秒を三十分にして計算を百問解いた。力を信じてもらえたが、暗算が得意なようにしか見えないからこの見せ方ではダメだと言われた。時間を伸ばす以上に計算に体力を使うから、わたしも別の見せ方がいい。何よりも計算ミスした時に恥ずかしい。

「どうしようか」

「どうしよう」念力を使い、絨毯(じゅうたん)に落ちたクッキーの欠片(かけら)を集めてゴミ箱に捨てる。

「やめろって」

「こっちを見せるのは簡単なんだけどね」本棚に置いてある時計の長針と短針をグルグル回す。

「こっちでいいんじゃないの？」

「ダメだよ。他の人にできないことをやりたいの」

「じゃあ、こっちも見せてから時間を操れば。派手に見えるんじゃん」

「うん」携帯を見て正しい時間を確認して、時計の針を止める。

こうやって時間や時計を操っていると、正しい時間が何かわからなくなる。

今はまだ十四時半だけれど、時計も携帯電話も十五時を示していたら、わたしもショウジも十五時だと思いこむだろう。外の景色を見て時間を感じるのは、夕方くらいだ。時間は数字で表された共通認識でしかない。犬や猫の時間の感じ方が違うように、本来は人間もそれぞれ違う感じ方をしているのではないだろうか。テスト期間の四日間はすごく長く感じたけど、きっと一ヶ月半の夏休みはあっという間に終わる。

「そろそろ塾の時間だから」ショウジはオレンジジュースを飲み干す。

「じゃあ、明日は夕方ね」

「五時だよ」

「プール行くから五時半くらいになるかも」

「くらいって?」

「五時半にしよう。五時半に来るよ」

「わかった」

外で待ち合わせするわけじゃないんだから、だいたいの時間でいいとわたしは思うのに、ショウジは細かい。

　浮き輪に入り、流れるプールで流されながら空を見上げる。

　青い空がどこまでも広がり、その中心で太陽が痛いくらいの熱を発している。市民プールの隣にある公園では大音量で蟬が鳴き、遠くから金属バットの音が聞こえる。野球場で試合をしているのか、声援も聞こえた。

「やっぱり、プールはいいね」同じように浮き輪に入って流されているみっちゃんが言う。

「そうかなあ」

「なんで？　楽しいじゃん」

「人多すぎない？」

「それは、しょうがないよ。夏だもん」

「そうだねえ。夏だもんねえ」

　市民プールの敷地内には流れるプールの他に二十五メートルプールと幼児用プールがある。二十五メートルプールは本気で泳いでいる人がいて入れず、幼児用プールは幼児じゃないから入れない。流れるプールに人が集まる。水遊びしようとすると人にぶつかるから、いい位置を見つけ、ただただ流されていく。流されているのも、プールサイドではしゃいでいるのも、小学生と中学生ばかりだ。高校生になったら、もっと違うプールに行くようになるのだろうか。それとも、プールで遊んだりしなくなるのだろうか。

「あっ、あれ」みっちゃんがプールサイドを指差す。

売店の前にテニス部の女子とサッカー部の男子が二人でいた。二人とも、いけてると言われるグループに分類される。

テニス部の女子はピンクの小花柄の三角ビキニだった。胸があるし、ウエストも細くて、似合っている。

わたしとみっちゃんは、テスト前にお揃いで買ったボーダーの水着を着ている。上下わかれているが、上はキャミソールでお腹が出ないようになっている。もう中学生だし、三角ビキニにしちゃおう！　と試着してみたが、二人とも似合わなかった。分厚いパッドが浮いて、胸がないことをより強調していた。自分たちに合うものにした。

「付き合ってんのかな？」身を隠すようにみっちゃんはプールに潜る。

わたしも浮き輪につかまったまま潜る。人の間をかきわけ、二人から見えない辺りまで泳ぎ、浮き輪の中に浮上する。みっちゃんも浮上する。

「付き合ってんじゃん」

「大道は好きな男子とかいないの？」

「いないよ。みっちゃんはいるの？」

「いないよ」

「いないよねえ」

「ねえ」

また流されていく。

胸の真ん中を風が通ったような感覚がして、急に寂しくなった。

一ヶ月くらい前にみっちゃんはバドミントン部の男子から告白された。練習後に二人で帰り、付き合ってほしいと言われたらしい。でも、すぐに断った。向こうがみっちゃんを好きなのは、バドミントン部の女子全員が前から気がついていた。部活中に話していることもあって仲がいいし、付き合うかもしれないと思っていた。断ったと聞いて、ちょっと安心した。

一年生の時は付き合っている人は少なかった。クラスに何人かいても、自分たちにはまだ縁がないことだと感じていた。二年生になり、バドミントン部内で付き合う人もいて、クラスの友達でもそういう話が盛んになり、縁がないことと思えなくなってきた。彼氏ができても友達は友達だけど、今までみたいに遊べなくなる。部活の後に帰るのも、こうしてプールに来るのも、友達より彼氏が優先される。バドミントン部のみんなで花火大会に行こうねと話していたのに、彼氏と行くからと何人かに断られた。

そのうちにみっちゃんにも彼氏ができて、わたしと遊ぶ時間は減る。わたしにもいつか彼氏ができるのかと考えると、それはまだずっと先のことのような気がする。野球部やサッカー部の男子を見て、かっこいいと思うことはあっても、好きとは違う。わたしが超能力アイドルになったら、みっちゃんは寂しいと感じるだろうか。でも、どっちにしても、いつまでも一緒にはいられない。

来年の夏は遊んでいられないし、高校は別々になるかもしれない。

「帰りにアイス食べよう」みっちゃんが言う。

「うん、いいよ」

休憩時間になり、係員が笛を鳴らす。プールサイドに上がる。

浮き輪を置いた上に座り、足の指がふやけているのを見せ合う。全然おもしろくないと言いながら、二人で爆笑する。

月曜日のホームルームで数学のテストが返された。八十点だった。平均点は六十五点だ。いつもは平均点もとれない。

ホームルームが終わり、どうだった？　と話している輪には入らないで、答案用紙をカバンにしまう。

最後の問題を解けたのはクラスに数人しかいなかったようだ。答えだけ書けばいい問題で適当に書いた数字も合っていた。朝のホームルームと授業中も合わせて、今日だけで全科目のテストが返ってきた。他の科目でも、選択問題で適当に書いた記号が合っていて、全体的に平均点より上だった。

全科目合計で上位に入る。成績上位者三十人までは一覧表で名前が貼りだされる。今まで一度も載ったことがない。初めて載れるかもしれない。

答えがわかる能力でも身についたのかと思ったが、偶然だろう。数学のテスト以外でも時間を伸ばす能力を何回か使った。問題文を読む時間を長く使えたから、勘だけで書いたわけでもなかった。

このままだと、高校入試も軽い。

受験勉強する時間だって使い放題なのだから、遊ぶ時間や寝る時間がないと苦しむことはない。みっちゃんや他の友達を付き合わせられないから誰かと一緒に遊ぶ時間は減るのだろうけど、一人でDVDを見たりまんがを読んだりは好きなだけできる。時間がないことを理由に何かを諦めることは、もう一生ないんだ。

今年の春に大学生になったお姉ちゃんは、授業とバイトと友達付き合いや彼氏とのことで忙しいみたいで、一日が四十八時間あればいいのにと言っていた。姉妹でも同じ能力は持っていない。子供の頃、念力を使うわたしをお姉ちゃんは気味悪そうに見ていた。四十八時間あればいいのになんて、わたしは絶対に言わないし思いもしない。

普通レベルの公立高校でいいと思っていたが、もっと上位を狙える。入学してから授業についていくのが大変になったとしても、予習復習をする時間は無限にある。そのまま上位の大学に入り、自分の力を研究して、発明家という道もある。タイムマシンよりすごい発明ができる。

「大道」

教室の後ろに並ぶロッカーで部活に行く用意をしていたら、ショウジが声をかけてきた。今日は会う約束をしていない。土曜日の夕方と日曜日に実験しすぎた。一日中やると、さすがに疲れる。部活もあるから、今日は休みにした。

「何？」

「ちょっと」廊下に出るように手招きしてきた。

学校でショウジと話すのはできるだけ避けたいが、話したくないという態度をとると、余計に目立つ。

廊下に出て、窓の外を見ながら並んで立つ。

グラウンドでは野球部が練習していた。ボールを念力で動かしてみたくなったけど、騒ぎになりそうだから、やめておく。超能力者が前ほど珍しくはなくなったが、二千人に一人と言われている。野球少年がプロ野球選手になれる確率と同じくらいらしい。

子供の頃は能力をセーブできないから、思わぬところで力を使ってしまったりする。小学校低学年くらいまで使えても、十歳を越えた頃から使えなくなる人もいる。幼稚園の時はわたしと同じように念力を使えたり、妖精が見えたりする子が何人かいたが、その後どうしたか聞かないからもう使えないのだと思う。

うちの中学校にいる超能力者はわたしだけだ。

「テスト、どうだった？」ショウジが言う。

「できたよ」

「力使うの、やっぱりヤバくないか？」

「なんで？　あっ、テストできなかったんでしょ？」

「違うよ」

「じゃあ、何点だったの？」

「そういうことじゃねえよ」

「わたしよりできなかったのが悔しいんだ？」

ショウジはいつも成績上位者の一覧表に名前が載る。学年一位をとったこともある。

「大道よりはできたよ」

「何点だったか知らないくせに」

「怪しまれない程度の点数だろ？　それでオレと並ぶと思うな」

「まあ、そうだね」

どの科目も七十点台後半から八十点台前半だった。ショウジは全科目で八十点台後半から九十点台をとっているだろう。本気で勉強している人には、遠く及ばない。

「その程度ならいいけど、やっぱりテレビ出るのはマズいよ」

「なんで？」

「騒ぎになる」

「騒ぎを起こしたいんだもん。超能力アイドルになるって言ってんじゃん」

「アイドルになれるかはおいといてもさ、超能力が使えることがわかったら、テストの点数とか全部を怪しまれるぞ」

「わかってるよ」

「羨む奴も出てくる。いいことより悪いことの方が多くなるんじゃないか？」

「それもわかってて、超能力アイドルになりたいって言ってんの。みんなに羨ましいって思われたいもん。ショウジだって、いけてない男子って思われて、悔しくないの？　わたしはいつまでも普通女子なんて言われたくない。特別になるの」

「特別になるっていうのは、色々と危険だよ」

「どうしたの？　なんで急にそんなこと言うの？」

テレビに出たいと言ったことも、超能力のことも、ショウジがこんな風に否定的に言うことはなかった。部屋の物を勝手に動かしたら怒るけど、実験には協力してくれた。

大勢に見られていると時間を伸ばす力は使えない。テレビ収録で失敗しないように、ショウジの部屋でもビニール製の小さなテントを出して実験する。幼稚園の頃にままごとや探検ごっこに使っていたものだ。テントの中では一人でも、ショウジが近くにいてくれたから、一人じゃないと思えた。

「収録が近くなったら、怖くなってきた」

「緊張してんの？　大丈夫だよ。出るのはわたしだけなんだから」

「緊張じゃなくて、先のことを現実的に考えるようになった」

「何それ？　予知できるとでも言いたいの」

超能力者がテレビに出るようになり、ニセモノもたくさん出てきた。勘が当たったくらいで、予知能力だ！　と騒ぐ人が多くいる。

わたしは超能力があっても、いいことだけではないとわかっている。お母さんとお父さんはわたしが何かするんじゃないかと、未だに不安そうにしている。お姉ちゃんは今も、わたしを気味悪いと思っているだろう。幼稚園や小学校に入ったばかりの頃は、いじめに遭った。男の子に囲まれ、やってみろ！　と詰め寄られた。女の子は化け物を見るような目でわたしを見た。超能力を使える子は他にもいたけど、わたしの力は強くて目立った。おかしなことと思わず、ニコニコしながら話しかけてくれたのがみっちゃんだった。

小学校一年生の時に、みっちゃんが「一緒に遊ぼう」と、手を差し伸べてくれた。それからは力をコントロールできるように努力した。みっちゃんといつまでも友達でいたかった。

テレビに出ようと決めたきっかけも、みっちゃんだ。告白されたという話を聞き、置いていかれた気持ちになった。

「そんなことは言わないけど、予感みたいなのはあるし、考えればわかるじゃん。またいじめられるよ」最後の方は声がかすれ、よく聞こえなかった。

いじめられているわたしをショウジは見ていた。幼稚園で何があったのかをうちのお母さんに報告したこともある。お母さんは、いじめられた娘を心配するのではなくて、「人前でやらないようにしなさいって言ってるでしょ！」と怒った。

「一人でもテレビ局に行くから！　テレビに出るから！」ショウジに言い、教室に戻る。

みっちゃんだけが部活に行かず、わたしを待ってくれていた。

テレビの収録にはショウジも来た。

不満そうな顔で尾行するようにわたしの後ろを歩き、テレビ局に着いてからは隣にくっついて、トイレまでついてこようとした。収録するスタジオでも、不満そうにして客席に座っていた。

しかし、ショウジが心配したこともわたしが期待したことも起こりそうになかった。

わたしが出たのは「夏休み特別企画！　チビッ子超能力者発掘！」というコーナーで、念力と時間を操る力を見せて、専門家から「まだ若いので、力がなくならないようにがんばってください」と言われただけだ。時間を操る力の見せ方は結局思いつかずに、オーディションと同じようにカーテンで仕切った中で計算式を解いた。

見せ方が悪かったのかと思ったけど、番組の流れとして、専門的なコメントを言わないことになっていた。チビッ子たちを見て「すごいですね！」と言い、盛り上がって終わる。小学校三年生の男の子が透視に失敗しても、出演者全員でフォローしていた。

超能力アイドルになれそうな雰囲気は少しもなかった。収録時間も短かったし、放送もほんの数分だろう。今回は夏休み特番で、メインのコーナーに力が入っていたようだ。

メインのコーナーの収録を見たかったが、その前に休憩があり、わたしと他のチビッ子たちはスタジオから出された。

「良かったんじゃないの？」控え室に戻ってきて、ショウジが言う。

「何が？」

他の出演者と一緒の控え室で、わたしとショウジが端の椅子に座って話している間、チビッ子たちは超能力合戦を始める。消化不良と感じているのか、力の使い方が派手だ。

念力を使える子たちが物を飛ばし合う。わたしも念力で、テーブルに用意されたチョコレートを自分の手元まで飛ばす。透視に失敗した子は悔しかったのか、お母さんと何度もやり直していた。ここまで平然と力を使える場所は気が楽だが、やはり異様だ。赤いミニカーが飛んできて、ショウジのおでこに当たる。

「テレビには出られるわけで、でも大きな騒ぎにはなりそうにないし、学校で話題の人くらいにはなれるよ」ショウジは、ミニカーを手渡しで子供に返す。

「やめてよ。わたしが出ること誰にも言わないで」チョコレートを食べる。

「なんで？」

「だって」

中学生なのに、チビッ子に入れられて、恥ずかしいだけだ。テレビに出ることはみっちゃんや他の友達には言わない。家族にもばれないようにする。

超能力アイドルとして活躍している中学三年生の女の子がいる。わたしと同じように念力が使える。時計の針を回すだけなのに、時空を歪(ゆが)められると大袈裟に言っていた。力としてはわたしの方が優れているはずだ。ネットで話題になり、芸能事務所にスカウトされたことになっているが、超能力アイドルとして売り出すように最初から計画されていたのだろう。わたしとショウジが考えたくらいでは思いつかないような見せ方やネーミングが、大人によって彼女には用意されていた。チビッ子枠で軽くあしらわれることはない。

「お疲れさまです」

ショウジのいとこが控え室に入ってくる。出演者の案内役だ。物が散乱しているのを見て驚いた顔をして、時間が合っていない時計を見上げてさらに驚いた顔をする。トイレに行っていた女の子が瞬間移動で急に姿を現したのを見て、腰を抜かしそうになる。

ここにいる全員の力を結集すれば、人ひとりを地球の裏側や遠い星に飛ばすくらい簡単にできそうだ。でも、ショウジのいとこがチビッ子扱いの責任者ではないのだから、八つ当たりしてもしょうがない。明らかに下っ端という感じなのに、わたしが出られるようにしてくれたのだから、感謝するべきだ。テレビ局に来られて、夏休みのいい思い出になった。

「今日の収録はこれで終了です」ショウジのいとこが言う。「どうもありがとうございました。テーブルの上にあるお菓子はどうぞ持って帰ってください。あと、これは記念品です」小さな箱を配っていく。

「ありがとうございます」

中にはステッカーとボールペンが入っているようだ。隣にいる男の子がもらった瞬間に透視して、お母さんに報告していた。

「では、お出口までご案内します」

ショウジのいとこの後ろについて、テレビ局の出口まで行く。

「お疲れさまでした」

解散になり、みんな普通の子供みたいな顔で出口横にあるテレビ局のグッズ売店へ行く。人気アニメのおもちゃやキャラクターグッズが充実している。

「ありがとうございました」ショウジと一緒に、ショウジのいとこにお礼を言う。

「オレがいつか偉くなったら、大道さんをもっと大きく扱えるようにするから！」

「はあ、よろしくお願いします」

何年先になるんだよと思ったが、本気っぽかったから、余計なことは言わないでおいた。高校生になってからアイドルを目指しても遅い。

スタジオに戻っていくショウジのいとこを見送る。

「グッズ買っていく？」ショウジに聞く。「付き合ってくれたお礼にプレゼントするよ」

約一ヶ月にわたり、オーディションや実験に付き合ってもらった。テスト前にも相談に乗ってもらい、悪いことをしたと思ったが、ショウジは全科目合計で学年一位だった。

「いらない」

「お土産、買わないの？」

「自分が欲しいだけだろ。さっさと買ってこいよ」

「じゃあ、待っててね」

売店に行き、テレビ局のキャラクターのシールと箱入りのクッキーを買う。戻ってきたら、ショウジがめがねをかけた男の人と話していた。

「誰？」

「さっき出ていた人」

「ああ」

チビッ子超能力者のコーナーにコメンテーターとして出ていた人だ。タイムマシンの研究をしている人で、ニュースでも見たことがある。仙台にある大学の教授で、平沼昇一（しょういち）という。普段はバラエティのようなテレビ番組には出ないが、今回は夏休みスペシャルの特別ゲストだと紹介されていた。慣れていないからか、ほとんどコメントしていなかった。かっこいいと評判らしく、お母さんが読んでいる週刊誌にも載っていた。わたしのタイプではない。鈍そうで、勉強ばかりしていそうな雰囲気がショウジと似ている。

「こんにちは」平沼先生がわたしを見る。

「こんにちは」

「あなたの力、すごいですね」

「そんなことないです」

「すごいですよ」目を見て言われ、怖いと感じた。めがねの奥の目が急に大きくなったように見えた。

研究室に呼ばれるのかもしれないと期待する気持ちがあったが、呼ばれなくていい。大人たちにこういう目で見られて、実験台に使われる。ショウジと遊びながらやっている実験とは違う。

「そんなことないです」

「でも」わたしに向かって手を伸ばし、髪の毛に触れてくる。「気をつけた方がいい」

「痛いっ」髪の毛を抜かれた。

平沼先生はわたしの目の前に抜いた髪の毛を一本差し出す。三十センチ以上ある髪の毛が揺れる。根元から毛先まで真っ白だった。

「時間を操れば、当然こうなります。隣にいる彼より早く大人になってしまう」

真っ白な髪の毛が床に落ちる。平沼先生はわたしの目を見て、口元だけで笑う。

「次のコーナーが始まります」テレビ局の奥から番組のスタッフが平沼先生を呼ぶ。

「気をつけて」わたしとショウジにそれだけ言い、スタジオへ戻っていく。

買い物を終えた子供たちがテレビ局の外へ出ていく。自動ドアが開き、蝉の鳴き声が入りこんでくる。

「トリックだろ。そういうのできそうな人じゃん」ショウジはそう言いながら、心配そうにしていた。

「でも、髪の毛抜かれた時、痛かったよ」

「大丈夫だよ。だって、お前、クラスの女子の中でも成長遅いし」

「あんたに言われたくないよ！　あれ？　身長伸びた？」

いつの間にか、ショウジの背がわたしと並んでいた。

「なんか、この何日か膝が痛い」

「うわっ、夏休み中に声変わりとかしちゃうんじゃないの？　気持ち悪い」

「気持ち悪くねえよ」

「わたしより大きいショウジとか、キモッ」

「キモくねえから」

話しながら、テレビ局を出る。軽くやり取りしながらも、髪の毛が気になっていた。収録前にメイクさんが来て、髪の毛のセットだけはしてもらえた。その時に何も言われなかったし、白髪なんて生えていない。みっちゃんや他の友達から言われたこともない。だから、あれは平沼先生のトリックだ。もし生えていたとしても、あの一本だけだ。

そう言い聞かせても、不安が体中に広がっていった。

ショウジの背が伸びたように、わたしの体もこれから変わっていく。時間を操った分、人より長い時間を過ごしていることになる。三秒を三十秒、六分を一時間、ほんの少し伸ばしているだけでも、それが重なれば一日、二日、一ヶ月、一年という時間になる。

時間は感覚だけの問題じゃないんだ。平等に過ぎていく。欲張れば、その分の報いはある。

みっちゃんと同じように成長できなくなる。

夏休みに入ってすぐに番組は放送された。出演したことは、家族にばれた。

家では見なかったからセーフと思っていたら、お母さんはショウジのお母さんに聞き、お父さんは会社の人に「テレビに出ていたの大道さんの娘さんですか？」と聞かれ、お姉ちゃんも近所に住む友達から聞いてきた。

「あんた、自分がしたことわかってんの？」わたしのベッドに座ったお姉ちゃんが言う。

「わかってるよ」床に正座して、反省しているフリをする。

騒ぎ立てたのはお姉ちゃんだけで、お母さんもお父さんも「知ってる」と言っただけだ。怒られると思って身構えたのに、夕ごはんを食べながら溜め息をつかれて終わった。それで、お姉ちゃんも黙ったが、朝になってお父さんが会社に行き、お母さんが買い物に行ったら、部屋に入ってきた。

「期末テスト、成績良かったらしいけど、なんかしたんでしょ？」

「してないよ」

学年二十五位で成績上位者一覧に名前が載り、お母さんはすごく喜んでくれた。勉強すると言って、ショウジの家に行っていたから、ショウジ君のおかげだねと何度も言っていた。

「お母さんやお父さんの気持ち考えなさいよ」

「考えてるよ」

「楽してるとロクなことがないよ。甘い考えでやっていけると思うんじゃないよ」

「お姉ちゃん、大学生って大変？」

気味悪いという目で見られても、お姉ちゃんと仲が悪かったわけではない。わたしが力を使わなければ、優しくしてくれた。二人で買い物に行ったり、ごはんを食べにいったり、勉強を見てくれたりした。でも、お姉ちゃんが高校三年生になった頃から遊んでくれなくなった。受験があるからしょうがないと思っていたけど、大学に入ってからはもっと遠くなった気がする。

「大変。そうやって好きに遊んでいられるのは今年までだよ。来年になったら、将来のことをちゃんと考えなさいよ。高校だって適当なところに入ったら、その先の大学進学や就職にまで響くんだから。超能力でどうにかなるとか考えるのやめなさい」

「考えてないよ」

「とにかくテレビに出るのはもうやめなさい」

お姉ちゃんは部屋を出ていく。

夏休みが終わる頃にはわたしがテレビに出たことなんて、みんな忘れている。バドミントン部の練習も八月いっぱい休みだ。超能力アイドルにも特別な女子にもなれず、普通女子の中学校生活がつづく。つまらないけど、白髪のことも怖いし、もう超能力は使わない。

窓の外では今日も太陽が輝いている。こうしてぼんやりしている間にも、時間は過ぎていく。

正座してしびれた足をギュッと伸ばして、立ち上がる。部屋を出て、家を出る。

「どこ行くの？」お姉ちゃんが言う。

「遊んでくる」

とりきれないしびれをがまんしつつ、階段を下りる。

「あっ、何してんの？」三階まで下りたところでショウジと会った。

「そっちは？」足を伸ばし、しびれをとる。

「図書館に行く」

「ふうん」

「超能力のことをもっと勉強しようと思って。研究者っていう将来も考えてる。テレビ見たら悔しくなった。騒がれるのは良くないって思ってたけど、大道の力はすごいのに、あんな軽く扱われて。もっと世の中が驚くようなことがしたくなった」

「そうなんだ」

ショウジくらい頭が良ければ、研究者になれるだろう。時間を操れても、わたしにはやっぱり無理だ。そこまで勉強したくない。

「大道も図書館行かない？　もっと勉強してみようよ。アイドルとかじゃなくて、何か役立つ発明をしよう」

「ええっ、もういいよ」

二学期になったら、進路の話が出てくる。お姉ちゃんみたいにピリピリしたくないけど、将来を真剣に考えないといけなくなる。恋愛をしたりもして、考えないといけないことは多くなるのだろう。何も考えずに、自由に遊んでいられる夏休みは今年が最後だ。今年は遊ぶって決めているんだ。部屋にこもり、ショウジと超能力の話なんかしていたら、もったいない。

「なんで？」

「ショウジもさ、プールとか行けばいいじゃん。とにかくわたしは忙しいから。じゃあね」

ショウジに手を振り、階段を駆け下りる。遠くから風鈴の音が聞こえるけど、少しも涼しさを感じない。空は晴れていて、まだ午前中なのに、熱い空気が体中にまとわりついてくる。

マンションの前に出たら、向こうからみっちゃんが来るのが見えた。

「大道！」みっちゃんは大きく手を振る。

「みっちゃん！」わたしも振り返す。

「テレビ見たよ！」

「えっ！」

「出るなら言ってよ！　ごはん食べながら見て、ビックリした」

「だって、なんか恥ずかしくて」

「なんで？」笑いながら言う。

テレビに出ても、超能力が使えても、何があっても、みっちゃんにとってわたしはわたしなんだ。大人になったら離れてしまうとか悩まなくていい。

「なんでもない」わたしも笑う。

「何それ？　どこ行く？」

「どうする？」

「プール！」二人同時に言い、爆笑する。

瞬間イドウ

ここ、どこ？

目を開けたら、さっきとは違う場所にいた。

私は会社の給湯室にいたはずだ。昼休みになり、お茶を淹れていた。急須にお茶の葉とお湯を入れてぼんやりしていたら、周りが騒がしくなった。いつの間にか外にいる。会社の制服のまま、ジーパンにTシャツや、チノパンにポロシャツといった格好をした人達に囲まれている。アメリカやヨーロッパ系の人もいるが、アジア系の人が多い。しかし、日本人は少ない。

山の中にある城壁のような建造物、その中に階段と坂道がどこまでもつづく。テレビや雑誌で見て想像していた以上の壮大な景色が広がっている。宇宙から肉眼で見えるという噂がかつてあったが、そう言われるのもわかるくらい大きい。

記憶喪失にでもなったかのように、ここ、どこ？　と、考えてしまったけれど、ここがどこかはわかる。

万里の長城だ。

疑問に思うべきことは、なぜ、ここにいるか？　だ。

夢かと思ったが、異常に暑い。汗が流れ落ちる。蒸し暑さと人の多さに、眩暈（めまい）がする。

「あっ、ごめんなさい」立ち止まっていたら、人とぶつかった。中国人なのか、日本語で謝っても通じずに怒鳴られる。何を言っているかさっぱりわからなくて、やっぱり夢だと思ったが、違う気もする。ぶつかった腕に痛みがある。わからないのは相手が中国語で話しているからだ。

「ごめんなさい、ごめんなさい」どうしたらいいかわからなくて、ひたすら謝る。それでも、怒鳴られつづける。

夢なら、覚めて。

次の瞬間、私は会社の給湯室にいた。やっぱり、夢だったんだ。ぼんやりしている間に寝てしまったようだ。

二人分のお茶を淹れて、あいている会議室に行く。

あいているからって会議室でお弁当を食べてはいけないのだけれど、総務部女性社員の特権だ。会議室の予約管理をしているから、どこがいつあいているか把握している。

「ごめん。遅くなった」

窓を背にして座って携帯電話を見ているサワちゃんの前に、お茶を置く。

「なんかあった？」

「お茶淹れながら、寝てた」

「何してんの？」サワちゃんは顔を上げ、眉間に皺（しわ）を寄せて呆れた表情をする。

ここはもう少し穏やかに軽いボケとしてほしいところだったが、サワちゃんにそれを求めるのは無理な話だ。

「いやあ、ちょっと疲れてるのかな」

「夏休みは？」

「九月にとる」

「総務って、九月に休んでいいの？」

「うん」

再来週のお盆に休むのが基本だが、電話がかかってくるし、他の部署から手続き関係の問い合わせもあり、全員休むわけにはいかない。私出ますから、みなさん休んでいいですよと言い、九月休みにしてもらった。お盆に合わせて休んでも、どこへ行っても家族連ればかりで、うんざりするだけだ。

「一ノ瀬(いちのせ)、この絵本って持ってないよね？」サワちゃんは携帯の液晶画面を私の方に向ける。

赤い表紙に色々な動物の絵が描いてある。子供の頃に読んだことがある気がするけれど、はっきり思い出せない。どっちにしても、実家にあった絵本は親戚の子供にあげてしまった。

「ない」

「欲しいんだけど、絶版なんだよね」携帯を閉じて机の上に置き、カバンからお弁当箱を出す。

「ふうん。ここ、暑くない？」

窓の外ではギラギラと音が聞こえそうなくらい、太陽が輝いている。街路樹で蝉が鳴いている。座ったら、日光が背中を直撃する。冷房は利いているが、暑そうだ。

「暑くないよ」

「ああ、そう」

「なんで、そんなに汗かいてんの？」

「えっ?」額に触ると、前髪が張りつくほど汗をかいていた。

夢の中で感じた暑さを思い出す。でも、あれは夢だ。冷房がない給湯室で寝ていたせいだろう。ハンカチで拭う。

サワちゃんの隣に座り、お弁当箱を出す。

いつものことだし、もう慣れていて気にすることじゃないと思いながらも、フタを立ててお弁当を隠したくなる。けれど、そんなことをしたら、また「何してんの?」と呆れられるから、堂々と開く。

私とサワちゃんは同い年だ。サワちゃんは経理部で、総務部と同じフロアにいる。仕事に関して話すことも多くて、帰りの時間が重なることもあり、お昼ごはんを一緒に食べるようになった。しかし、私達は同期ではない。私は新卒で入社して、今年で十年目になる。サワちゃんは中途採用で、三年前に入社した。大学卒業後に就職した会社を二年で辞めて結婚し、男の子を二人産んだ。子育てしながら、簿記の資格を取った。二人目が保育園に入り、再就職した。

「サワちゃんは? 夏休み、どうするの?」

「お盆にとるよ。保育園休みだから」話しながら、サッカーボールみたいに海苔(のり)が巻かれたおにぎりを食べる。

下の子にお弁当を作っているから、サワちゃんのお弁当はかわいらしい。キャラ弁というほどではないが、子供が喜びそうな工夫をしてある。栄養バランスも考えられていて、卵焼きには細かく刻んだピーマンが入っている。甘く煮たニンジンも入り、カラフルだ。私のお弁当は、日曜日に鍋一杯作った筑前煮と昨日の夕ごはんの豚の生姜焼きを少し残しておいて詰めこんだだけだ。全体的に茶色い。彩りを考えて入れたプチトマトが悲しく見える。

「どこか行くの？」

「旦那の実家。子供達を適当に遊ばせて休む。気は遣うけど、交通費だけで済むし」

再就職したのはマンションを買ったからだ。ローン以外に子供の習いごとにもお金がかかって大変らしいが、その苦労も楽しそうだ。

「九月なら、どこか行ってくれば」サワちゃんが言う。

「行かないよ」

「実家、帰ったりしないの？」

「帰らない」プチトマトを食べる。

「海外とか、温泉とか行けばいいじゃん」

「一緒に行く人いないし」

二十代の頃は、正月休みに実家に帰って地元の友達と会ったり、夏休みに高校生や大学生の時の友達と温泉に行ったりしていた。来年も行こうねとか、海外も行きたいねとか話していたのに、みんな結婚して行けなくなった。結婚する平均年齢が上がってきている、三十代で独身も珍しくないとネットや雑誌の記事なんかでは見るが、私の友達はみんな二十代後半で結婚して、三十歳になる前に子供を産んだ。

実家に帰ると、中学生の時は地味でいじめられていた女子がフランス人と結婚したとかいう噂が回ってくる。肩身が狭いを通り越して、噂を聞くのが恐ろしくなってきている。

独身の友達もいるにはいるが、広告業界でバリバリ働いていたり、ライターとして活躍していたり、結婚はしていないけれど相方とかパートナーとか呼んじゃっている彼氏がいたりする。私みたいにOL十年やって彼氏もいないような友達はいない。

OLと言っても、社会保険労務士の資格は取ったし、私にしかわからない仕事も多いし、会議室の予約で失敗したこともないし、誰にでもできる仕事をやっているわけじゃない。と、二十代の頃は考えて、仕事が生きがいだと感じていた時期もあったけれど、そういうことじゃなかった気がする。

「一緒に行く人、探しなさいよ」

サワちゃんの話し方は基本的にキツい。でも、他の人がオブラートに包んで包んで見えなくしていることをストレートに言ってくるから、楽だ。

「探しても見つかりません」

「本気で探したの？」

「探したよ」

「本気で？」

「まあ、本気ではなかったかな」

三十二歳にもなれば、元カレの一人や二人どころではなくて、五人や六人はいる。結婚するかもと思った人も中にはいた。お互いの両親に紹介し合った人だっている。セックスをしながら将来を語り合ったりもした。しかし、素面(しらふ)の時に決定的な言葉は聞けなかった。結婚したいというオーラを出したら嫌われると思い、私からも何も言えず、向こうの転勤が決まって別れた。ついてきてほしいと言われたら、ついていったかを考えると微妙な気がする。みんなが結婚するから自分も結婚したかっただけで、どこへでもついていくと考えられるほど好きだったわけじゃない。

「後輩に抜かれちゃうよ」

「そういうのは抜く抜かれるの問題じゃないじゃん。競争じゃないいんだから。っていうか、抜かれすぎて、もう慣れた」

私が三十歳になった頃から、後輩女性社員達が結婚や出産関係の書類を出す時に気まずそうな顔をするようになった。

「一ノ瀬のところの後輩、パリ行くんだって」

「えっ？　二宮（にのみや）さん？」

「そう、そう。彼氏と行くらしいよ」

「パリ？　バリ？」

「パリ！」

「お盆にパリって、いくらすんの？」

「彼氏が全部出してくれるんだって」

「へえ。パリ、行ったことないな」

二宮さんは、総務部の後輩で去年入社した。女子大生気分を引きずっていて、仕事のミスがとても多い。でも、八の字眉にアヒルロのアイドルみたいな困り顔で「ごめんなさい」と言えば許される。そうやって許されるのも、二十五歳までと思っていたが、それより前に退職するだろう。かわいい子は、どれにしようかなと選んでいるうちに行き遅れたりするけれど、二宮さんはうまくやりそうだ。

「海外、行ったことあるんだっけ？」

「あるよ」

「どこ？」

「サイパン」

「いつ？」

「中学生の時」

　午前中も海外旅行の話をしていた。

　部長が、娘の通う私立高校の修学旅行がオーストラリアで大変だよと自慢していて、今は海外に行く学校が多いんですかねとみんなで話していた。そこから、政治情勢的に中国や韓国に行けなくなっているから減っているんじゃないですか？　という話になり、そういえば中学の同級生で私立の高校に進んだ友達は、修学旅行で中国に行っていたと思い出した。

　話しながら、万里の長城に行ってみたいとネットで画像を検索していたから、あんな夢を見たんだ。

「ちょっと、ヨーグルト買ってくる」食べ終わったお弁当箱を片づけ、財布を持って席を立つ。「サワちゃんも何かいる？」

「ううん、大丈夫」

「まだ、ここにいる？」昼休みが終わるまで、二十分くらいある。

「うん」

「じゃあ、戻ってくるね」

会議室を出て、エレベーターホールに行く。購買は二つ上のフロアにある。

大学の卒業旅行は友達とパリに行く予定だった。

どこを回るか相談して、ツアーも決めたところで、一緒に行く予定だったうちの一人が妊娠した。彼氏も同じ大学にいて、結婚するかしないか、子供はどうするかという話に巻きこまれている間に、卒業旅行どころではなくなった。結局、友達は結婚して、私達は落ち着いてから二泊三日で温泉に行った。

あの頃はお金もなかったし、パリに行っても観光するだけで精一杯だっただろう。今なら、買い物もたくさんできる。

マンションも車もブランド品も買わずに、十年勤めていれば、お金だけは貯まる。総務部の知識をフル活用して、保険や定期預金を組みまくった。しかし、退職して、親が死んで、友達とは疎遠になり、たった一人で過ごす老後のためのお金だと思うと、気が重くなる。パリのシャンゼリゼ通りでパーッと使ってみたい。

一緒に行く友達もいないし、母親と行くのは面倒くさいし、一人で行くのは怖い。世の中には飛行機に乗ったことがない人だってたくさんいる。世界的に見たら、海外に行ったことがある人の方が少ない。という言い訳を自分にして納得していたが、若いうちに行けばよかった。一人で世界中を回っている人だって、たくさんいるのだ。

エレベーターに乗る。他に誰も乗っていなかった。

気を張っているつもりはないのに、誰にも見られていないと感じると、体から力が抜ける。階数表示を見上げて、ぼうっとする。目が疲れているのか、視界がぼやける。ギュッとつぶって、目の周りをマッサージする。

そして、エレベーターの扉が開いたと思って目を開けた時、私はパリにいた。

日本とパリの時差は、七時間か八時間くらいだろう。今はまだ朝の五時か六時だ。お店は閉まっていて、人通りも少ない。朝だし、東京より緯度が高いからか、万里の長城みたいに暑くない。涼しいくらいだ。

これは夢だから、そんなことを冷静に考えなくてもいいと思うけれど、やっぱり夢じゃない気がする。

来たことがない場所なのに、景色が鮮明すぎる。

万里の長城は周りが山だから、木々が生い茂っているだけだった。知らなくても、想像を当てはめることができる。どこまでも見えても、変だとは感じなかった。でも、これはおかしい。

目の前にある世界的有名ブランドの本店や、通りの先にそびえる凱旋門(がいせんもん)は、テレビや雑誌や映画で何度も見ている。標識が見つからなくて確認できないが、ここはシャンゼリゼ通りだ。夢の中に出てきても、ある程度の現実味を持っているだろう。しかし、目の前にあるカフェや通りの反対側にあるコスメショップまで、はっきりと見える。フランス語の看板もすれ違う人の顔も、ちゃんとしている。通りのずっと先まで見渡せた。

白とグレーのチェックのベストにグレーのタイトスカートという会社の制服で、社内用の健康サンダルを履き、手には財布を持っているだけ。そんな格好で立ち尽くしている私を、フランス人はどんな気持ちで見ているのか、すれ違ったおじいさんと目が合い、にっこり微笑まれた。

このままでいるのは危ないかもしれない。新婚旅行でパリに行った友達が、中学生くらいにしか見えない女の子のスリ集団に遭ったと話していた。パリではよくある話らしい。せめて財布を入れるカバンが欲しい。ベストのポケットは小さくて、財布がはみ出る。ユーロなんか持っていないけれど、クレジットカードは使えるだろう。ただ、開いている店がない。コンビニエンスストアどころか、早朝から開いているスーパーもない。パン屋の中で店員がパンを焼いているが、オープンまで時間がありそうだ。しょうがないから、ポケットに財布を突っこんで、落とさないように腕で押さえて歩く。有名ブランドの本店の前を曲がる。狭い路地には入らないようにして、人通りがある道を選ぶ。

万里の長城と違い、ここは都市の中だからホテルや旅行会社の窓口に行けば、日本語を話せる人もいる。でも、なんて説明したらいいのだろう。

私は瞬間移動というやつをしたのだと思う。テレポート、テレポーテーション、詳しくは知らないが、そう呼ばれているやつだ。さっきは給湯室で、今回はエレベーターで、一人でぼうっとしていたら、考えた場所に体が飛んだ。

タイムマシンの研究が進み、ロボットが作られ、テレビには時空を歪められると話す女子中学生が出ている。うちの会社では、不思議な力を持ったおもちゃを作っている。まだ開発段階だけれど、来年後半には発売される。私が子供の頃と世界は変わった。十年くらい前まで、スプーン曲げだけで驚けたのに、今ではそんなことでは誰も見向きもしない。話に信憑性がない怪しい超能力者も多いが、中にはトリックとは思えない人もいる。

私もその一人になったんだ。と、真剣に考えてみたけれど、自分で自分に呆れてしまった。

瞬間移動できる人なんか、見たことない。「瞬間移動ができます」と言ってテレビに出ていたおじさんがいたが、箱の中から隣の箱の中へ移動しただけで、古いタイプの手品にしか見えなかった。

鮮明な夢を見られる能力、そんなものがあるかは知らないけれど、その程度の力だろう。

現実の私は、エレベーターの中で眠っている。立ったまま眠り、購買があるフロアに着いても気がつかない。ドアが閉まっても起きないままでいても、いずれ誰かが乗ってきて、声をかけられる。外にお昼ごはんを食べにいった人達が戻ってくる時間だ。あと何秒もしないうちに起こされる。

せっかくだから、何秒間かだけでもこの夢を楽しみたい。

歩きつづけたら、川が見えた。セーヌ川だ。川の先にエッフェル塔が見える。携帯電話を持ってくればよかった。地図が欲しい。ルーヴル美術館やオペラ座も見てみたいが、位置がわからない。夢なんだから、位置関係は滅茶苦茶（めちゃくちゃ）でいいのにと思うけれど、そこら辺もリアルにできているのがこの力なのかもしれない。目をつぶって、ルーヴル美術館に行きたいと願ったら行けるかもしれないと思ったが、目を開けても同じ場所にいた。夢の中での移動はできないようだ。

　力の分析をして、夢だと認めたら気持ちが落ち着いてきた。

　たとえ、スリ集団に遭っても、夢だから大丈夫だ。現実の私が傷つくわけじゃない。川を眺めて風に吹かれる。風が肌をなでる感触も、昨日まで見ていた夢とは違った。

　川沿いの道を歩く。そろそろ起こされてもいいはずなのに、誰も声をかけてこない。通り沿いにあるスーパーが開き始める。まだ準備中だけれど、入っていいみたいだ。

　中に入り、見て回る。お菓子やミネラルウォーター、日本では通信販売でしか買えないものがたくさん売っている。買いたいが、買ったところで意味がない。どうせ目を覚ましたら、手元からなくなってしまう。レジの前にスーパーのロゴが入ったエコバッグが売っていた。夢の中で使う用に一つ欲しい。エコバッグだけ買うのにクレジットカードを使うのも悪いから、ラズベリーフレーバーのミネラルウォーターを一本買う。同じメーカーのレモンとライムは日本でも売っている。ラズベリーは初めて見た。店員さんはフランス語を喋っていた。でも、実際のフランス語ではないのだろう。

私の夢の中だけの言語だ。

　スーパーを出て、来た道を戻る。シャンゼリゼ通りをもう一度見ておきたかった。買った水を飲む。ラズベリーの甘さが口の中に広がる。

　万里の長城から帰った時と同じように、すぐに目が覚めると思っていた。けれど、この力は脳に強く作用しそうだ。眠ったまま、起きられなくなるかもしれない。

　このまま目が覚めなかったら私はどうなるんだろう。夢の中で日本に帰る方法はあるのだろうか。細部までリアルにできているのだから、パスポートがないまま飛行機には乗れない気がする。クレジットカードでホテルに泊まれるし、航空券は買える。でも、フランスから出られない。日本に帰れたとしても、それはまだ夢の中だ。

　具体的に考えたら、怖くなってきた。

　シャンゼリゼ通りに出る。凱旋門の輪郭がさっきより濃くなったように感じた。

　どうしよう。どうやったら日本に帰れるんだろう。どうしたら目が覚めるんだろう。

「一ノ瀬さん、一ノ瀬さん」肩を叩かれ、目を開ける。

「あっ、あれ？　二宮さん」

　横を見ると、二宮さんがいた。周りを確認する。会社のエレベーターの中だ。

「寝てたんですか？」

「うん」

「昨日、遅かったんですか？」

「そんなことないんだけどね。疲れてるのかも」

「そのバッグ、パリのスーパーのですよね？」

「えっ？」

手には財布しか持っていないはずなのに、エコバッグを持っていた。エコバッグの中にはラズベリーフレーバーのミネラルウォーターが入っている。財布の中を確認する。スーパーでもらったクレジットカードの控えが入っていた。

「わたしもお土産に買ってこようと思っていたんです。一ノ瀬さん、持っているんだったら違うのにしますね」二宮さんは階数ボタンの前に立つ。

「いいよ。気を遣わなくて」

「あっ、パリに行くこと、一ノ瀬さんには言ってませんでしたね？」

「彼氏と行くんでしょ？」

「そうなんです。なんか、言いにくくて」

そこは気を遣ってほしかった。言わないんじゃなくて、もっとサラリと言ってほしかった。

「二宮さん、今って何時？」

「一時十分です」腕時計を見て言う。「大丈夫ですよ。一ノ瀬さんならお昼休み過ぎて戻っても何も言われませんよ」

二宮さんが昼休みを十分もオーバーしたら私が怒る。どこに行って戻りが遅れたの？　と、いつもなら言いたくなるところだが、そんな余裕はなかった。会議室を出たのは十二時四十分頃だった。三十分もエレベーターの中で寝ていたことになる。そんな長い時間、誰も乗ってこなかったなんてありえない。

嫌みを言われないことに驚いているのか、二宮さんは振り返って私を見る。

「顔色悪いですよ」

「大丈夫」

総務部があるフロアに着き、エレベーターを降りる。

会議室に行っても誰もいなくて、私のカバンもなくなっていた。総務部に戻ったら、カバンは私の席に置いてあった。サワちゃんは経理部に戻っていた。

「カバン、ありがとう」経理部に行き、サワちゃんのななめ後ろに立つ。

「どうしたの？　誰かにつかまった？」

総務部を会社の雑用係と思っている社員がたまにいる。購買や社員食堂へ行くと、昼休みなのに仕事を言いつけられる。

「つかまってない。ちょっと大変なことがありまして」

「何？」パソコンに向かったまま話し、仕事を進めていく。

「ここでは話せないんだけど」

「男関係？」サワちゃんが振り返り、経理部の人達も全員私を見る。

「いや、残念ながら、それはありません」

全員何も聞かなかったかのように、パソコンに向き直る。

「少しだけ出てきます」財布と携帯を持ち、サワちゃんは席を立つ。

「後でもいいよ」

「いいよ、いいよ」

総務部長にすぐに戻りますと言い、私も財布とミネラルウォーターが入ったエコバッグを持って廊下に出る。あいている会議室に行き、入ってすぐの席に座る。

「それで、何があったの？」

「瞬間移動ができるようになった」

「はい？」

「これ、証拠」エコバッグとミネラルウォーターを机の上に置く。

「えっ？」

「瞬間移動して、パリに行ってきた」

「はあっ？」

給湯室から万里の長城へ行ったところから話す。サワちゃんは困惑しながらも最初は何か言おうとしていたが、そのうちに表情が固まったまま動かなくなった。

「それで、パリでこれを買って帰ってきたの」話し終える。

「ああ、そう」放心しているような顔で、サワちゃんは呟く。

「すごくない？」

「これはあれだよね、夢だけど夢じゃなかった的なことだよね」机の上のエコバッグに触り、自分に言い聞かせるように言う。

「違うよ。夢じゃないもん」

「そうか。現実なんだよね」

信じてくれない気持ちはわかる。

私だって、あれだけの現実感を覚えながら、夢だと考えた。しかし、考えに考えた結果、瞬間移動できるようになったと確信した。エコバッグとミネラルウォーターがあるのが証拠だ。夢の中で買ったものが現実にも反映されるという方が、瞬間移動より考えにくい。私は中国やフランスまで、行きたいと思ったら行けるようになったんだ。

仕事以外にも、自分にできることがあると考えたら、胸の奥で閉じていた気持ちが大きく花開いたように感じた。

テレビで能力を披露してスターになろうとか思わないし、会社の人だってサワちゃん以外に言う気はない。他の友達にも言わない方がいい。超能力を持つというのは、宝くじに当たるようなものだと誰かが言っていた。大きな幸福と一緒に、周りの人の態度が変わり、妬み嫉み（そねみ）の的にされる。詐欺師や怪しい宗教に狙われて、不幸になる人も多いらしい。大学や企業の研究室が人体実験のために超能力者を集めているという噂もある。言う相手を考えて、冷静に行動しないといけない。

さっきみたいに昼休みにちょっとパリに行くとか、日曜日に遺跡を見にいくとか、夏休みに世界一周するとか、自分の楽しみの範囲で留めておけばいいだろう。旅費はかからないし、知らない人ばかりのバスツアーに参加しなくてもいい。バスや徒歩で何時間もかかる奥地にだって、一瞬で行ける。

「やってみて」サワちゃんが言う。

「えっ？」

「ここで、やってみてよ」

「いいよ。じゃあ、どこに行こうかな」

「ブラジル行ってきて。地球の裏側」

「ブラジルは無理な気がする」

能力がどういうものか、これから実験していかないとわからないが、観光名所でもなんでも景色が思い浮かべられないところは難しそうだ。ブラジルは崖の上にキリスト像が立っているのは知っているけれど、ぼんやりとしか思い出せない。時差を考えると、今は真夜中だから、能力がはっきりしていないうちに行くのは危険だ。

「どこならいいの？」

「韓国なら行けると思う。お土産にシートマスクを買ってくるよ」

近いところにしておいた方がいいだろう。この前、サワちゃんが休んだ日に二宮さんに誘われて若手女性社員達とランチへ行った。韓国に行きたいと話していて、観光ガイドで見た写真を憶えている。化粧品がたくさん売っている通りだと書いてあった。政治情勢は、若い女の子達には関係ないようだ。もしもデモとかに巻きこまれても、瞬間移動で帰ってこられる。

「じゃあ、いってらっしゃい」

「いってきます」

写真を思い浮かべ、目をつぶる。

しかし、何も起きなかった。周りの音がいつまで経っても、変わらない。窓の外で蟬が鳴いているだけだ。

「何してんの？　もう行ったの？」

「行ってない」目を開ける。

「暑さでボケた？」

「違うよ。サワちゃんが見てるからだよ」

給湯室でもエレベーターでも、私は一人だった。体が移動するということは、その場から消えるということで、人が見ている前ではできないのかもしれない。

「じゃあ、出てるよ。シートマスク、金粉が入っているのにしてね」

「わかった」

サワちゃんは会議室から出ていく。

姿勢を正し、気持ちを落ち着かせてから、集中する。韓国の写真をもう一度、思い浮かべる。けれど、今度も何も変わらなかった。さっきはぼうっとしている時だったと思い出し、集中しすぎないようにするが、変わらない。目を開けても、誰もいない会議室にいた。

蟬の声が虚しく響く。

「どう？」ドアを開け、サワちゃんが入ってくる。

「できない」

「疲れて、おかしな夢でも見たんじゃない？」

「そんなことないもん。さっきはできたもん」否定されて、子供のような反論をしてしまう。

会社とアパートとの往復だけという生活に、自分で思っている以上に嫌気がさしていて、幻覚を見たと考える方が合っている気がしてきた。後輩はバカだし、職場は緩いし、慣れているつもりのことがストレスなのかもしれない。きっと、エコバッグとミネラルウォーターもぼんやりしたまま、会社の前のコンビニで買ってきたんだ。日本じゃ買えないというのも、妄想でしかない。

「せめて土日はゆっくり休みなさいよ」いつものキツい言い方じゃなくなる。

「うん」土日にゆっくりすることこそが辛いと言っても、わからないだろう。行く場所もやることもない。

「戻る？」

「ちょっと休んでから戻る」

「お茶かなんか、買ってくる？」

「いらない」

「先に戻ってるね」サワちゃんは会議室を出ていく。

窓の外を見ながら、韓国に行きたかったなと考える。化粧品を買ったり、韓国料理を食べたりしたい。週末に行ってきましたと言ってもおかしくない距離だから、お土産を配っても変に思われない。お盆が終わったら、二宮さんが彼氏とパリに行ったお土産をみんなに配る。受け取る時に、中途半端な愛想笑いを浮かべてありがとうと言う自分を想像すると、惨めになる。

そろそろ戻った方がいいのに立ち上がれない。入社してからの十年間で、色々なことを我慢したり、これでいいと自分に言い聞かせているうちに感覚が麻痺してしまったのかもしれない。疲れているのかどうかも、最近ではよくわからない。ただ、体が重い。

周りが騒がしくなる。誰か来ると思って立ち上がろうとしたら、私は韓国にいた。

瞬間移動できるじゃん！　と、叫びそうになった。

人がたくさんいるから堪えて、小さくガッツポーズをする。すぐ前にコスメショップがある。中に入り、金粉入りのシートマスクを探す。ハングルで書いてあってよくわからないが、適当に十枚買う。

外に出て「日本に帰りたい」と強く願う。

そして、次の瞬間には会議室に帰っていた。手にはシートマスクが入った袋を持っている。

移動するための条件も、帰るための条件もわかった気がする。あと何回かやらないと確信は持てないが、間違っていないだろう。

総務部の自分の席へ戻る。

シートマスクをサワちゃんに渡そうと思ったけれど、やめた。

大切なのは強く願うことだ。

日本に帰る時は、このままだと困る気持ちが作用して、自然と願いは強くなる。日本からどこかへ行く時は、行きたい程度の気持ちでは動けない。不本意ながら、現状に対する不安や不満が願いを強くする。このままでいたくない気持ちとどこかへ行きたい気持ちが重なった時に、移動できる。土日を使って研究した結果だ。

会議室でサワちゃんの前で移動しようとした時みたいに、行こうと考えただけでは どこにも行けなかったが、やっぱり駄目なんだと気持ちが沈んでいったら、移動した。楽しいことだけ考えても移動できないので、移動先から別のどこかへ移動することはできない。パリからロンドンへ行くとか、アンコール遺跡群の見たいところだけ行くとか、観光コースを巡ることはできなくて、必ず日本の移動した場所に戻った。

ルールとコツを掴み、日曜日の夜にはマチュピチュで朝陽が昇るのを見て、ミラノでパスタを食べて買い物して、ガンジス川で夕陽が沈むのを見て、上海(シャンハイ)に夜景を見にいった。

瞬間移動する度に現状を嫌だと思う気持ちは強くなり、能力も強くなっていくと感じた。

会社からアパートへまっすぐ帰り、瞬間移動するのが毎日の楽しみになった。仕事中はずっと、どこへ行こうか考えている。時差や行きたいところの画像を調べて、憶えておく。

「一ノ瀬さん、彼氏できたんですか?」隣に座る二宮さんが言う。

「なんで？」

「だって、最近寝不足なんじゃないですか？　肌荒れてますよ」吹き出物の一つもないつるんっとした肌で微笑む。

いつもだったら、かわいい顔して嫌み言いやがってとイラつき、嫌み返しを考えるところだが、今はこのイライラさえありがたい。二宮むかつくな、仕事できないなら会社辞めろよという気持ちを、瞬間移動するために溜めておく。

「別に寝不足じゃないよ」瞬間移動で力を使うせいか、夜はよく眠れる。

「ネットで旅行情報調べてますよね？　彼氏と行くんですか？」

「行かないよ」

「彼氏、どんな人なんですか？」

「玩具事業部に保険の書類持っていった？　午後から会議だから午前中のうちにくださいって言われてたよね」

朝いちに玩具事業部の人が来て、書類と会議室の予約を二宮さんに頼んでいった。

「今、行きます」二宮さんは不満そうな顔をして立ち上がり、書類を持って出ていく。

瞬間移動ができるようになってから自信がついた気もする。

前だったら二宮さんに勝とうと必死に頭を回転させていたけれど、今は負ける気がしない。どんなにかわいくても、男に頼ることしかできない小娘だ。

「一ノ瀬、お昼どうするの？」昼休みになり、サワちゃんが声をかけてくる。

「今日、ちょっと」瞬間移動の話をしてから、なんとなく気まずい。

「外、行くの？」

「うん」

「そう」自分の席へ戻っていく。

ランチ用のカバンに携帯とお財布を入れて、廊下に出る。

いつもお弁当を食べている会議室だと、入っていくところを誰かに見られたら面倒だ。階段を下りて一つ下のフロアへ行く。この階には、おもちゃの開発関係の部署が集まっている。出勤時間はフレックスで、昼休みの時間も人によって違う。総務部や経理部があるフロアみたいに、昼休みになったからって一斉に人が廊下に出てきたりしない。周りを見て、誰にも見られていないのを確認して会議室に入る。玩具事業部が午後から使う予定だけれど、二時からだから余裕がある。

一番奥に立ち、午前中にあった嫌なことを思い出しつつ、ニューヨークのタイムズスクエアを思い浮かべる。

満員電車で脚を組んで座っていたおっさんがうざかったたな、二宮さん黙らせる方法ないかな、部長のお嬢さん自慢も鬱陶しいなと考えるうちに、本気でイライラしてくる。そして、周りの音が変化する。

目を開けたら、タイムズスクエアにいた。

ミュージカルやファストフード店、おもちゃ屋のカラフルに光る看板に囲まれている。

瞬間移動できるようになり、ニューヨークには何度か来たが、夜に来るのは初めてだ。時差が夏は十三時間あるから、会社が終わってから来ると、いつも朝だった。

夜の十一時を過ぎても、街はまだ明るい。映画館やCDショップにはお客さんがたくさんいる。ごはんを食べたかったけれど、時間がもったいないからお店を見て回る。

おもちゃ屋もまだ開いている。中に入り、一階から見ていく。地下一階地上三階の店の真ん中が吹き抜けになっていて、観覧車がある。商品を並べているだけではなくて、子供も大人も楽しめる仕掛けが店中にあった。

アメコミのキャラクター、バービー人形、ブロックで作られた恐竜、テディベア、カラフルなグミやキャンディ、こんなおもちゃ屋があったらいいなと思い描いた夢の中にいるようだ。

子供の頃は、一日中おもちゃで遊んでいた。ぬいぐるみや人形を並べて、ブロックで建物を作り、自分が住みたい町とそこで繰り広げられる物語を考えた。物語を作る側になりたくて、英語や古文より数学や物理が得意だったのに、文系の大学に進んだ。でも、小説やまんがに関わる出版関係の仕事は何か違うと感じ、就職先はおもちゃメーカーにしようと決めた。理系の大学に進んでいればよかったと後悔もしたが、諦めないで就職活動をつづけた。総務部に配属され、これはおもちゃの開発をサポートする仕事だと考え、頑張った。文系出身でも、玩具事業部や他の開発関係の部署へ異動できる。いずれ異動願いを出そうと思っていたのに、いつからかそんな気持ちを忘れてしまった。

日本のメーカーのおもちゃも多くて、うちの会社で発売しているゲームや、戦隊ヒーローの変身セットも並んでいた。

上の階まで見てから、一階に下りて外に出る。CDショップの地下にある本屋へ行く。サワちゃんが欲しいと話していた絵本が売っている。日本では絶版になっているのに、平積みされていた。前に来た時に見つけたのだけれど、渡せないと思って買わなかった。古本屋で偶然見つけたと言い、いつか渡せばいいだろう。絵本を買い、CDショップで日本ではまだ発売されていないCDを買う。

そろそろ帰ろうと思って携帯を見たら、一時半近くになっていた。昼休みを大幅に過ぎている。

急ごうと思ったのと同時に何か忘れていると感じた。なんだろうと考え、思い出す。玩具事業部の人に、会議の準備をしたいから一時半くらいから入っていいですか？と頼まれた。二宮さんが「いいですよ」と答えるのを隣で聞いていたのに、忘れていた。

今から帰ったら、玩具事業部の人と会ってしまう。移動した先で突然現れて、騒ぎになったことはない。不審な目で見られても、愛想笑いして逃げた。日本に戻る時には、そこに誰もいないように場所を選んで、移動した。今日もそのつもりだった。会議の準備中に突然現れるのはまずい。

「コンニチハ」男の人がカタコトの日本語で声をかけてくる。

「コンニチハ」私までカタコトになる。

「ドウカシマシタ？」

「いや、大丈夫です」

悪い人ではなさそうだ。海外に行くと、日本人は年齢より幼く見られる。夜中に日本人の留学生が迷子になっているとでも思われたのだろう。ナンパなんて図々(ずうずう)しいことは考えられない。親切心はありがたいけれど、相手にしている場合ではない。

「ドウカシマシタ？」

「大丈夫です」

逃げるが、なぜか追ってくる。コンニチハとドウカシマシタ？　以外の日本語は知らないみたいで、英語で話しかけてくる。聞き取れる単語はあっても、何を言っているかさっぱりわからない。

他の国でも、物乞いにしつこく声をかけられたり、夜中に路地裏で迷って怖そうな人に囲まれたりした。実際に行ってみたら、道路とかトイレとかが汚くて、ごはんもおいしくなくて、日本の方がいいと思ったことも何度かあった。大規模な反政府デモや戦争をしている国も多い。危険と言われた地域が安全だと感じたこともあったが、安全と言われた都市が殺伐としていると感じたこともあった。そういう時は、すぐに帰ることができたのに、今は帰れない。日本の中で違う場所に帰るという実験もしてみたけれど、成功したことはない。

人が集まっている中に逃げても、ついてくる。悪い人じゃない、大丈夫と思っても、怖い。この街に私が帰る場所はない。

ブロードウェイを外れて五番街へ出る。

朝来た時は観光客がたくさんいたから、夜でも賑わっているはずだと思ったのに、全然人がいなかった。通り沿いに並ぶブランドショップは、こんな時間まで開いていない。バスが走っているけれど、適当に乗ったら、もっと何もないところへ行ってしまいそうだ。夜のこの辺りは危険という情報をネットで読んだが、この辺りがどの辺りか憶えていない。瞬間移動で逃げればいいと思い、ちゃんと読まなかった。

「ドウカシマシタ?」何が目的なのか、まだついてくる。

どうもしないから放っておいてと言いたいのに、英語が話せない。声をかけられた時の対処法とかも書いてあったが、それも読まなかった。

私が理解していないとわかってもよさそうなのに、英語で話しかけてくる。人もいないし、車やバスもたまにしか通らない。

日本には帰れない。でも、日本に帰りたい。

「一ノ瀬！　一ノ瀬！」サワちゃんの声が聞こえる。

目を開けたら、会議室でサワちゃんに肩をバシバシ叩かれていた。

「一ノ瀬さん、大丈夫ですか?」二宮さんもいる。私の顔をのぞきこむように見て、本気で心配そうにしてくれていた。

優しくしてくれる人がいて、言葉が通じると思ったら、泣きそうになった。

「サワちゃん！　怖かったよ！」

「ちょっと休ませてから戻るって、部長に報告してもらえる？」サワちゃんが二宮さんに言う。

「はい」

二宮さんは会議室を出ていく。

「玩具事業部の人に、会議室で一ノ瀬さんが倒れていますって呼ばれてビックリしたよ」

「えっ？　そうなんだ」瞬間移動で帰ってきたところは見られなかったようだ。

「起きれる？」

「うん」体を起こし、椅子に座る。

「体調、悪いんじゃない？」

「瞬間移動してた。あっ、そうだ。これ！」いつか渡そうと思っていた絵本を渡す。

「どうしたの？　これ！」絵本を見て、サワちゃんは驚いた声を上げる。

「買ってきた！　ニューヨークで！　英語版だけど！」

「ありがとう」表情が綻び、声が優しくなる。

喜んでくれていると思ったら、私も嬉しくなった。韓国で買ったシートマスクも後で渡そう。

「どういたしまして」

「本当に瞬間移動したの？」絵本があるのに、まだ疑っている。

「したよ！　でも、もう瞬間移動はしない。異動願いを出す」

怖い思いもしたのに、頭の中に残っているのはおもちゃ屋の光景だった。あの中に自分が開発したおもちゃを並べたい。

「はい？」移動と異動の違いが伝わらなかったのだろう。明らかに困惑している。

「開発関係の部署を目指すよ！」

「ああ、そう」

瞬間移動の体験を物理的に分析したら、不思議なおもちゃの開発に役立つ。自分で実験できる社員なんて、他にいない。今から異動なんて怖いけれど、新しくできることがきっとある。

その前に夏休みには飛行機に乗って、海外へ行く。

ホテルを予約して、電車やバスで観光地を巡る。今回は無理でも、次までには一緒に行ける人を本気で探そう。

友達バッジ

　自分の背より高い草を両手でかきわけ、前へ進む。汗が流れ落ちても、ふいていられない。昨日の夜、雨がふったから土がいつもより軟らかい。すべらないように足に力をこめる。

「哲ちゃん隊員、前方に異状はありませんか？」前を歩く哲ちゃんに声をかける。

「サトシ隊員、水たまりを発見しました。右によけます」

「ラジャー」

　後を追い、ぼくも右へ進行方向を変える。草の先から水滴が背中に落ちる。声を上げそうになり、口をギュッと閉じてがまんする。哲ちゃんに弱いところは見せられない。

　哲ちゃんはクラスで一番小さいのに、勇敢だ。先に何があるかわからなくても、進んでいく。

　遠くから蟬の鳴く声が聞こえる。川が流れる音も聞こえて、音の大きさで自分たちがどこら辺にいるか確かめる。

三年生になってから毎日のように遊んでいる河原だけど、毎日違うことが起こる。赤くて細長い蛇が出たこともあった。その日はぼくが前を歩いていて、後ろを向いて教えようとしたら、いなくなってしまった。逃げていくしっぽだけは哲ちゃんも見られて、ちゃんと見たいと言っていた。捜してみたけど見つからなかった。それから出てきたことはない。

「サトシ隊員、目的地が見えてきました」哲ちゃんは両手で草を押さえたまま、ぼくの方を振り返る。

「目的地に異状はありませんか？」

「大丈夫そうです」

走り出したい気持ちを抑え、一歩一歩慎重に進む。

草むらの真ん中に、ミステリーサークルのように広くあいている場所があり、そこに二人の秘密基地がある。

夏休み前に作って、休み中に改造していった。しかし、八月の終わりに台風が来て、全部壊れてしまった。今の秘密基地は夏休みが終わってから作ったものだ。昨日の雨はすごかったから、また壊れてしまったかもしれないと不安になり、学校が終わってすぐに来た。

九月の終わりには草が枯れ始める。秘密基地で遊べるのは、あと二週間くらいしかない。枯れた草でも秘密基地は作れるみたいだけど、周りに気づかれてしまう。

「到着しました」哲ちゃんが言う。

「ぼくも到着しました」

秘密基地の中に入る。敷いてある虹色のレジャーシートに座ろうとしたら、水びたしになっていた。

「これじゃ、座れないね」

「そうだね」

レジャーシートを外に出して、秘密基地の屋根に干す。骨組みの枝が外れているところがあり、哲ちゃんが直していく。ぼくも他に壊れそうになっているところがないか探す。

「ここで遊べるのはもう少しだね」

「来年もまた作ろう」

「うん」枝を直し終わり、哲ちゃんはぼくを見て大きくうなずく。

ぼくたちは幼稚園の時からの友達だ。親友っていうやつだ。

秘密基地は前から作ってみたいねと話していて、今年はじめて作れた。去年まではお母さんがダメと言うから、二人で河原には来られなかった。三年生になって、川には入らないという約束で、行っていいよと言ってもらえた。

でも、お母さんに秘密基地のことは言っていない。体中が水玉模様になるくらい蚊に刺されて家に帰り、何をしていたの！　と怒られても、答えなかった。

だって、秘密基地だから。ぼくと哲ちゃんだけの秘密だ。

「サトシ隊員、空に敵の出現です」

哲ちゃんに言われ、ぼくも空を見上げる。本のイラストに出てきた龍に似た雲が浮かんでいた。

「哲ちゃん隊員、あれはドラゴンです。町の人たちを守るために戦いましょう」

「ラジャー」

指で銃の形を作り、雲をうつ。ぼくと哲ちゃんは探検隊をやりながら、町の平和を守る防衛隊もやっているという設定だ。

「炎です。ドラゴンは炎をふきます」熱そうな顔で、哲ちゃんはしゃがみこむ。

「しっかり、哲ちゃん隊員」

ドラゴンがふく炎をよけながら、戦いつづける。ゆっくりと雲が流れ、ドラゴンの形が崩れていく。

「サトシ隊員、やりました。ドラゴンを倒しました」

「哲ちゃん隊員、炎の中よくがんばりました」

「サトシ隊員の助けがあったからです」

銃をベルトにさすマネをして、二人で敬礼し合う。

「秘密基地も無事だったし、探検に出ようか？」

「そうだね」

草むらの中に戻り、蛇やカエルや虫がいないか探す。トンボがたくさん飛んでいるけど、珍しくないから無視する。かきわけた草の間からサッカーをしているのが見える。

野球やサッカーができるグラウンドが草むらの隣にある。四年生になると小学校の野球教室やサッカークラブに入れて、校庭で練習できるようになる。グラウンドで遊んでいるのは三年生までだ。同じクラスの久保君や石井君がいた。ぼくも哲ちゃんも誰かが決めたルールで遊ぶような、クリエイティブではないことは好きじゃない。気がつかれないように、グラウンドとは反対側に進む。

「うわっ」前を歩いていた哲ちゃんが足をすべらせて転ぶ。

「大丈夫？　うわっ」駆けよろうとしてぼくも転んでしまう。

おしりから座りこんでしまい、ズボンやシャツに泥がつく。はねた泥が顔にもついていた。

「サトシ隊員、泥だらけ」

「哲ちゃん隊員も、泥だらけ」

二人で顔を見合わせ、笑う。

お母さんには怒られるけど、泥だらけになるのは楽しい。探検している感じが強くなる。

「何やってんの？」立ち上がろうとしたら、後ろから声をかけられた。

ぼくも哲ちゃんも振り返る。

石井君と久保君がいた。他に同じクラスの島田君もいた。後ろから五人くらい来て、草むらに入ってくる。

「二人で何やってんだよ？」久保君が言う。

哲ちゃんは答えずに下を向く。ぼくも下を向く。

「無視してんなよ」石井君は哲ちゃんの髪をつかむ。哲ちゃんが答えないから、手をはなして頭をたたく。

久保君がぼくの腕を蹴りとばす。こうなったら、ぼくたちにできるのは自分たちを守ることしかない。

顔を殴られないように腕でガードして、お腹を蹴られないように背中を丸くする。あとはひたすらがまんする。石井君や久保君の気分次第で、こうして殴られたり蹴られたりする。草むらの中にいるのが見つかっても、必ず何かされるわけじゃない。

「グラウンド取られちゃうから行こうぜ」一番後ろに立っていた島田君が言う。

「おう」石井君と久保君はぼくと哲ちゃんから手をはなす。

先頭に島田君が立ち、グラウンドに戻っていく。

島田君とはたまに図書館で会う。伝記や図鑑を読んでいる。石井君や久保君と遊ぶのが、本当は嫌なんじゃないかっていう気がする。殴る蹴るをやめるきっかけになる言葉を言ってくれるのは、いつも島田君だ。図書館で声をかけたら、仲良くなれるかもしれない。

「大丈夫？」起き上がり、哲ちゃんに声をかける。

「うん。サトシ君は大丈夫？」

「うん」

さっきまで楽しかったのに、今は泥だらけなことをかっこ悪く感じた。二人とも、腕から血が出ていた。

　草むらから出て、水道に行く。血が出ている傷口のまわりの泥を洗い落とす。足や顔のまわりも洗う。

「そうだ。サトシ君に渡すものがあったんだ」洗い終わり、哲ちゃんはハンカチで体をふいていく。

「何？」ぼくも体をふく。

「これ」ポケットの中から赤い星のピンバッジを出す。「探検隊の証にしようと思って。お揃いだよ」

「いいの？」バッジを受け取る。

　赤は哲ちゃんの好きな色だ。ランドセルも赤い。女みたいと笑われても、自分の好きなものを捨てたりしない。

「お父さんが買ってくれたんだ。サトシ君にもあげなさいって」

「ありがとう」

　シャツの胸に画びょうのような形のバッジをさし、留め金で裏から留める。哲ちゃんもポケットからもう一つバッジを出して、同じように留める。

　傷はまだ痛かったけど、楽しい気分が戻ってきた。

六時のチャイムが鳴ったら、遊ぶのをやめて家に帰る。

「バイバイ」

「また明日ね」

T字路で哲ちゃんと手を振り合い、わかれる。

右に行くと哲ちゃんの家で、左に行くとぼくの家だ。学校に行く時も、学校から帰ってきて遊びにいく時も、ここで待ち合わせする。お互いが見えなくなるまで、手を振りつづける。

哲ちゃんにもらったピンバッジを見る。夕陽が当たって、赤い星が光る。胸にさしておくと目立つから、学校ではシャツの裾にさそうと約束した。いつも持っているのが二人の友情の証になる。

自転車に乗った石井君と久保君が後ろから来て、横を通りすぎた。

何か言われるかと思ったけど、何も言われなかった。ぼくを見ることさえなかった。まるで、ぼくなんかいないみたいだ。

ぼくの家の三軒隣が石井君の家で、久保君の家はその裏にある。二人も同じ幼稚園だった。幼稚園の頃は、家が近いから仲良しだった。電車のおもちゃでよく一緒に遊んだ。

いじめられるようになったのは二年生の終わり頃からだ。にぶいし、いつまでも探検ごっこや電車ごっこをしていることを笑われるようになった。三年生になると、プロレスごっこしようと言われ、殴られたり蹴られたりするようになった。腕にあざができて、お母さんにどうしたの？　と聞かれ、石井君と久保君にやられたと言ってしまった。お母さんは怒って、二人の家に行った。次の日から、暴力はごっこ遊びではなくなった。

「サトシ君」

後ろから歩いてきた男の人に声をかけられる。

「こんにちは」田中君だった。

「河原で遊んでいたの？」

「うん」

田中君は、ぼくと哲ちゃんの友達だけど、年は二十歳くらい上だ。ぼくの家の正面に建つアパートに住んでいる。いつもTシャツにジーパンとか楽そうな格好をしている。大学生だと思っていたら、お兄さんはもうすぐ三十歳になるんだよ、と前に言われた。

去年の夏に家の前で自転車に乗る練習をしていたら手伝ってくれて、それから一緒に遊ぶようになった。秘密基地の作り方も、田中君が教えてくれた。

「またいじめられたの？」

「ううん。いじめられたんじゃないよ」

いじめられていると自分でもわかっているのに、言葉にして認めたくなかった。

「石井君や久保君に何かされたんじゃないの？」

「お母さんには言わないでね」

「わかってるよ」

けがをして、田中君に手当てしてもらったことが何度かある。何をされたか話したら、そんなこと気にしないで好きなことをやった方がいいと言って笑っていた。哲ちゃんも、ぼくは気にしないよと言って笑っていた。

「秘密基地、雨で壊れなかった？」

「大丈夫だった」田中君の顔を上げる。

「それは、良かった」

他の大人と違って、田中君はぼくや哲ちゃんに目線を合わせようとしない。子供だからって手加減してくれることもなくて、秘密基地を作る時は作業が遅いと何度も怒られた。おかげで、台風で壊れても、ぼくと哲ちゃんだけで新しく作り直すことができた。

「田中君も子供の頃、いじめられた？」

「ううん。いじめられもしなかったし、いじめもしなかったよ」

「ふうん」

「友達いなかったし」

「えっ？　そうなの？」

「哲ちゃんやサトシ君みたいな友達がいれば良かったなって思うよ。僕もサッカーや野球は得意じゃないから」

「サッカー好きじゃないの？」

日本代表の試合がある日、田中君はサッカーのユニフォームを着ていた。

「見るのは好きだけどね」

「そうなんだ」

「大丈夫だよ。今はたくさん友達がいるから。大人になったら、同じことが好きな友達と会えた」

デザイン事務所というところで田中君は働いている。きっと、そこには田中君と同じような格好の人がたくさんいるのだろう。ぼくのお父さんは毎日スーツで会社に行く。大人にも色々な人がいるようだ。

「好きなことが同じじゃないと、友達になれないの?」

「そんなことはないよ。でも、違うっていうことを受け入れるのはとても大変なんだ」

「よくわかんない」田中君はたまに難しいことを言う。

「いつかわかるようになるよ」

「ふうん。石井君や久保君とも、前は友達だったんだよ」

「うん」

「どうして友達じゃなくなっちゃったんだろう」

「サトシ君は石井君や久保君と友達になりたいの?」

「……うん」

いじめられたくないし、ちょっとだけ石井君や久保君に憧れている。

二人とも女子に人気がある。二人だけじゃなくて、運動ができる男子はみんな人気がある。ぼくと哲ちゃんは女子にいじめられることはないけど、冷たくされることがあった。教室にいても、石井君や久保君たちは光って見える。

秘密基地を作ろうなんて、来年は思わないかもしれない。幼稚園の頃に遊んでいた電車のおもちゃは押入れの奥に入れたまま、もうずっと出していない。好きだった遊びを子供っぽく感じることは、ぼくにもある。哲ちゃんと遊ぶのは楽しいし、野球やサッカーは苦手だ。でも、いつまでも子供みたいな遊びをしているより、石井君や久保君たちのグループに入りたいと思ってしまう時があった。

「友達が多いことは悪いことじゃないからね」

「うん」

お父さんもお母さんも先生も、たくさん友達を作りなさいと言っていた。哲ちゃんしか友達がいないことを、お母さんは恥ずかしいと感じているみたいだ。保護者会で他のお母さんたちがあいさつし合っている中に入りにくいと話していた。

「じゃあ、サトシ君にはこれをあげよう」肩にかけているカバンから、田中君はスマイルマークの黄色い缶バッジを出す。

ぼくが差し出した手の平の真ん中に、バッジを置く。

「何これ？」

哲ちゃんがくれた赤い星のピンバッジに比べて、かっこよくない。目と口のバランスが悪いせいか、ニセモノっぽい。こんなんつけていたら、またいじめられる。

「これは不思議な力を持ったバッジなんだよ」

裏も見てみるけど、普通の缶バッジだった。カバンの中にずっと入っていたのか、真ん中がへこんでいる。

「不思議な力？」

「ヨーロッパのある村に伝わる秘密の魔法がかけられたバッジでね、友達バッジっていうんだ。これをつけていると、誰とでも友達になれる」

「ヨーロッパのどこ？」

ぼくが聞くと、田中君は腕を組んで右上を向いて考えこむ。

「フランス。これは秘密だから誰にも言っちゃダメだよ」ぼくの方を見る。

「ふうん」

嘘だと思うけど、それ以上は聞かないであげた。田中君は防衛隊ごっこをする時、ぼくと哲ちゃん以上に大きな物語を作りあげる。たまに、平気な顔で嘘もつく。

「ヨーロッパは国が陸つづきなのに、国ごとに言葉が違うだろ？」

「うん」

「さっきも言ったけど、違うっていうことを受け入れるのはとても大変なんだ。それで戦争が絶えなかった時代に、考え出された魔法なんだ。その頃は宝石が入ったブローチで、お金持ちにしか買えないものだったんだけど、今はこうして缶バッジになった。もうすぐ誰でも買えるようになる」

「雑誌に載っている幸福になれるブレスレットみたいなもの？」

お母さんが読んでいる週刊誌に、恋人ができたり、宝くじが当たったりするブレスレットの広告が載っていた。

「違うね。あんなインチキとは全然違うよ」

「違うんだ」

「学校につけて行ってみなよ。いらなかったら返してくれればいいから」

「うん。ありがとう」

「バッジの力のことは誰にも話しちゃダメだよ。哲ちゃんにも秘密だからね」田中君はぼくの目をのぞきこんでくる。

「わかった」バッジを握る。

夕方になってもまだ暑いのに、冷たい風が手の中を通った。

哲ちゃんがくれた赤い星のピンバッジと田中君がくれたスマイルマークの缶バッジ、二つ並べてシャツの裾の左端につけて学校へ行く。

「いってきます」

「いってらっしゃい」

お母さんに何か言われないかドキドキしたけど、気がついていないみたいだった。

今日は哲ちゃんは午前中お休みする日だ。哲ちゃんは生まれつき体が弱くて、月に一回病院に通っている。病院は午前中で終わるから給食の時間には来る。

学校までは家から歩いて十分かかる。

みんなが友達同士で集まってお喋りしながら歩いている中、一人で歩くのは寂しいし、恥ずかしくなってくる。誰もぼくのことなんて気にしていないのに、見られている気がする。哲ちゃんが来たら、田中君にもらったバッジのことをどう話そうか考えながら、まわりを見ないように下を向いて歩く。

田中君は哲ちゃんにも話しちゃダメと言っていた。でも、話したら何が起こるか言ってなかったし、きっと話しても大丈夫だ。バッジをつけたぐらいで友達になれるはずがない。哲ちゃんと不思議だねと言い合って、探検の道具にした方が楽しそうだ。

「今日、一人なんだ?」石井君が来て、後ろからぼくのランドセルを強く引っ張る。

手を伸ばしてバランスを取り、後ろに転ばないようにする。体は前を向いたまま、首だけ振り返る。久保君と島田君も一緒にいた。

「やめてよ」ランドセルを横に揺らし、石井君を振り払う。

「やめてよだって。女みたい」

ぼくのマネをして石井君が笑い、久保君も笑う。島田君は呆れたような顔をしていた。

これ以上何か言うと、余計にいじめられる。ぼくが何か喋れば、いちいちおもしろがる。三人からはなれ、早足で歩く。

「待てよ」

石井君と久保君が走って追いかけてきて、ぼくの前に立つ。島田君も来る。

何をしようと考えているのか、三人とも怖い顔をしている。

しかし、バッジの辺りを見て表情を変える。目つきが柔らかくなっていく。

「何？」ぼくから聞く。

「一緒に学校行こうぜ」石井君が言う。

「えっ？」

また何かされるのかと思ったけど、声の感じがいつもと違った。休み時間に久保君たちに校庭行こうと誘っている時に近い。

「そうだよ。サトシ、先に行くなよ」久保君が言う。

「行こう」島田君も言う。

前に石井君と久保君が並んで歩き、ぼくは島田君と並んで歩く。前を歩く二人は何度も後ろを振り返り、ぼくに話しかけてくれる。

学校の前で同じクラスの女子と会う。運動も勉強もできて、男子にも女子にも人気がある子だ。石井君と両想い(りょうおも)いと噂されている。石井君たちとぼくが一緒にいるのを不思議そうに見ている。

しかし、バッジを見て表情が変わる。

「おはよう」ぼくから声をかけてみる。

「おはよう。サトシ」笑顔で手を振ってくれた。

田中君のバッジの効果だ。みんながぼくを友達だと思っている。

二時間目と三時間目の間の二十分休みは、石井君たちと一緒に校庭へ出て、サッカーをした。

いつもは哲ちゃんと二人で中庭にある池で探検ごっこをして遊んでいる。河原みたいに広くないから、探検するところなんてない。校庭に出ても居場所がなくて、教室では女子がお喋りしている。他に行く場所が見つけられず、池に行っていただけだ。

サッカーは動き回らないといけないから野球より苦手だ。ほとんどやったこともない。でも、今日は石井君がぼくの蹴りやすいところにパスを回してくれて、ぼくがミスをした時には気にすんなと久保君が声をかけてくれた。ボールを蹴りそこなって笑われたけど、いつものバカにしている笑い方とは違った。島田君がサトシを見ていると楽しくなると言ってくれた。他のみんなも優しかった。

給食の時間になって哲ちゃんが来た。

「サトシ君」

机にランドセルを置いて哲ちゃんは、ぼくの席に来る。シャツの裾の左端に赤い星のピンバッジをつけている。

「おはよう」

「もうおはようじゃないよ」哲ちゃんは笑いながら言う。

「そうだね」

哲ちゃんが遅れてきた時にいつもはどう話していたか思い出せなかった。いつもは考える必要がないくらい自然に話していた。

「サトシ、給食室行くぞ」教室の扉の前に立っている久保君に呼ばれる。

今週は給食当番で、久保君とは同じ班だ。昨日は汚いから触るなと言われ、ぼくは配膳台の隅に立っていた。先生は仕事ないのかと言い、笑っていた。ぼくがいじめられていることを知っているのに、気がついていないフリをしたいのだろう。

「ごめん、当番だから」哲ちゃんに言い、教室を出る。

久保君と並んで歩き、給食室まで行く。シャツにつけたままにしていた赤い星のピンバッジを外して、ズボンのポケットに入れる。

哲ちゃんとお揃いなのが見つかったら、またいじめられるかもしれない。せっかく仲良くしてもらえているんだから、前には戻りたくない。哲ちゃんには悪いと思うけど、殴られたり蹴られたりするのは、もう嫌だ。田中君に言えば、哲ちゃんの分ももらえるかもしれない。でも、哲ちゃんも仲間に入って、探検ごっこしようとか言い出したら、また戻ってしまう気がする。

魔法で仲良くしてくれているだけなんだから、その力は長くつづかないだろう。物語の中に出てくる魔法は、いつか必ず解ける。

「今日、みんなで河原でサッカーやるの、サトシも来るだろ」久保君が言う。

「もちろん行くよ」

昨日、哲ちゃんとまた明日ねと言ってわかれたけど、ちゃんと約束をしたわけじゃない。

給食が載っている台車を受け取り、久保君と二人で教室まで押していく。それだけのことが嬉しかった。

汚いと言われて何もさせてもらえないのがいつもだけど、逆に一人で取りにいかされたこともある。二人で押しても重くて、一人で運ぶには時間がかかる。哲ちゃん以外のクラス全員から遅いと責められた。

配膳の時も、給食を食べている時も、みんなが話しかけてくれた。牛乳を飲もうとしたら、正面に座る久保君が変な顔をして笑わそうとしてきた。これは前もやられていたことで、魔法が解けたんだと怖くなった。でも、ぼくが噴き出しそうになってがまんしていると、久保君はごめん大丈夫かと言ってティッシュをくれた。前は、自分が変な顔をしたくせに、ふざけてんなよと怒られた。

給食の時間が終わり、そうじも終わり、昼休みになる。

そうじはぼくと久保君がいる班は教室の当番で、哲ちゃんの班は音楽室の当番だった。

「サトシ、校庭行こうぜ」そうじ道具を片づけて、久保君は教室を出ていく。

「待って」ぞうきんを干し、追いかける。

久保君は待っていてくれて、ヨーロッパのサッカーの話をしながら廊下を歩く。

いじめられていた時は嫌な奴と思ってしまっていたけど、そんなことはなかった。こうして二人で話していると、幼稚園の時の久保君と何も変わっていない。幼稚園の遠足で石井君たちが先に行き、久保君が待っていてくれたことがあった。優しくしてもらったこともあるのに、忘れてしまっていた。

石井君とすれ違う。

「すぐ行くから、先に行って場所取っておいて」

「了解」久保君と一緒にぼくも答える。

哲ちゃんと石井君は同じ班だ。石井君以外の同じ班の人も音楽室から戻ってくるのに、哲ちゃんだけいない。音楽室のそうじは先生が見にいかないから、一人でやらされているのかもしれない。

「どうした？」久保君がぼくの顔を見て言う。

「どうもしないよ」

教室は三階にあり、音楽室は五階にある。久保君に怪しまれないように五階へ行きたくても、どう言えばいいかわからなかった。

「早く行こうぜ」

「うん」

階段を下りて、校庭に出る。

サッカーゴールは五年生に取られていた。休み時間にサッカーゴールを使う権利は、早いもの勝ちだ。今日の二十分休みみたいに三年生が使えることは、たまにしかないようだ。いつもはゴールを使わずに校庭の隅に線を引き、ここがゴールと決めてサッカーをやっているらしい。二十分休みが終わって教室に戻る時に石井君と久保君が教えてくれた。

昨日までのぼくに関する記憶は石井君や久保君の中で、ゆっくりとねじ曲げられているようだ。いつも一緒に遊んでいたという感じで声をかけてくれながら、ぼくにわからないことがあると教えてくれる。

「サッカーやらないの？」立ち止まった久保君に聞く。

「ダメだ。できないよ」

「なんで？」

「あの辺りでやってるんだけど、六年がいるだろ」

久保君の指差す方を見ると、六年生が体育倉庫からハードルを出して五時間目の体育の準備をしていた。

「他の場所は？」

「無理なんだよ。他の場所だと、縄跳びしてる女子とかもいるし」

「そうなんだ」

校庭には色々な決まりがあるみたいだ。ぼくが知らなかっただけで、みんなそれぞれ大変なことがある。河原のグラウンドでは三年生が一番上でも、学校では高学年に敵（かな）わない。

「どうしたの？」石井君と島田君が校庭に出てくる。

「ごめん。場所取れなかった」久保君が言う。「いつもの場所も無理。どうする？」

「マジか。どうする？」石井君が言う。

「これは、パターンBしかないでしょ」島田君はそう言って、楽しそうな笑顔になる。石井君と久保君も顔を見合わせて、笑う。その後に出てきた五人にもパターンBだってと言い、みんなで笑っている。昨日、ぼくと哲ちゃんを殴ったり蹴ったりした全員が集まっていた。

「パターンBって何？」久保君に聞く。

「来ればわかるよ」

「うん」

みんな楽しそうにしていて、ぼくも楽しくなってくる。

「じゃあ、行こう」島田君が言い、みんなついていく。

校庭を出て、昇降口の方に戻る。そして、中庭の池に行く。池の周りには白い柵がある。みんなは、柵を越えて中に入る。

「あれ？　いないじゃん」久保君が言う。

「どうなってんの？」島田君が石井君に聞く。

「一人で掃除やらせたんだ。忘れてた」石井君が答える。

「マジかよ。じゃあ、出てこないってこと？」

「ふざけんなよ」

「昼休み何すんだよ」

みんなバラバラに文句を言う。

ぼくは、柵の外に立ってみんなを見ていた。パターンBっていうのは、哲ちゃんをいじめることだったんだ。昨日までは、そこにぼくも含まれていた。

「使えないことしてんなよ」草を蹴り、島田君は石井君をにらむ。

ぼくたちの学年は二クラスあり、島田君とは一年生の時も二年生の時も違うクラスだった。石井君や久保君がぼくと哲ちゃんをいじめているのを後ろで見ているだけで、島田君は手を出してこない。でも、いじめるように指示しているのは島田君なんだ。だから、三年生になってから暴力がひどくなった。

昇降口の方から足音が聞こえてくる。見てみると、哲ちゃんが立っていた。来たらダメと言いたくて押さえるように手を差し出したら、手を振っていると勘違いしたみたいで、哲ちゃんは手を振りながらぼくに駆けよってくる。

「来た、来た」島田君が気がつく。

「まかせて」石井君と久保君が哲ちゃんを捕まえにいく。

哲ちゃんは逃げようとしたけど、簡単に捕まってしまう。柵の中へ入り、笹が生えている陰に連れていかれる。

「サトシも来いよ」

久保君が柵の外にいるぼくを見る。サッカーに誘う時と同じ口調だった。これは、サッカーと同じで、みんなにとっては遊びの一つでしかない。

石井君が柵から出てきて、ぼくの腕を引っ張る。柵の中に入ると、島田君に背中を押された。哲ちゃんの前に立たされる。

哲ちゃんは今日は白いポロシャツを着ている。病院に行く日用の少しかっこいいシャツだ。哲ちゃんのお母さんは、うちのお母さんみたいにすぐ怒ったりしない。病院に行くのが怖くないように、かっこいい服を着ていこうとお母さんが買ってくれた、と前に哲ちゃんは嬉しそうに話していた。そのシャツに足跡がついていた。いつも通りに哲ちゃんは丸くなって自分を守っている。左手はシャツの裾につけた赤い星のピンバッジを握りしめていた。

「サトシもやれよ」石井君がぼくの肩をたたく。

「やれって」久保君もぼくの肩をたたく。

ここで嫌だって言ったら、友達でいてもらえなくなる。肩をたたく力が強くなっていく。このままだと、ぼくも殴られる。

目をつぶり、哲ちゃんに向けて足を出す。

足に当たった感触に、給食のミートソースや牛乳を吐き出しそうになった。

五時間目がはじまっても、哲ちゃんは教室に戻ってこなかった。先生に誰か知っているか？　と聞かれ、保健室に行ってますと石井君が答えた。昼休みが終わり、ぼくたちは丸くなっている哲ちゃんを置いたまま、教室に戻ってきた。昇降口で島田君と石井君が今度はどうやっていじめるか相談していた。

哲ちゃんのランドセルは、帰りの会が終わる頃、保健室の先生が取りにきた。

家に帰り、ランドセルを部屋に置く。

石井君と久保君と一緒に家の前まで帰ってきた。島田君も途中まで一緒だった。三人とも、哲ちゃんがどうしたかなんて、気にしていない。

シャツにつけたスマイルマークの缶バッジを外す。家を出て、正面のアパートへ行く。

田中君の部屋は二階の一番手前だ。お父さんと違って、田中君は平日の昼間に部屋にいる時がある。デザイン事務所は生活が不規則なのだと言っていた。インターフォンを押す。

「はい、はい」ドアが開き、田中君が出てくる。

「こんにちは」

「どうしたの？」

「これ、返す」缶バッジを渡す。

「いいの？」

「うん」

「今日は服がキレイなままだね？　いじめられなかったの？」

「バッジがあったから、みんな仲良くしてくれた。でも、それで仲良くなっても意味ないよ」

いじめられていた時より、ぼくはみんなの表情を気にしていた。自分のやりたいことや言いたいことは何も言い出せなかった。嫌われるのが怖くて、ずっと怯(おび)えていた。

「またいじめられちゃうよ。いいの？」

「いじめられるのは嫌だけど、わかったこともあるから」

「そう」

「うん。ありがとう」

「じゃあな」

「バイバイ」

田中君に手を振り、アパートを出る。石井君と久保君が前を歩いていた。振り返ってぼくを見たけど、何も言ってこなかった。今日のことは忘れてしまったようだ。

二人を追い抜き、哲ちゃんの家まで走る。

哲ちゃんの家には誰もいなかった。インターフォンを押してもなんの返事もない。いつもは哲ちゃんのお母さんが出てきて、哲ちゃんが二階の部屋から階段を駆け下りてくる。

河原に向かう。学校の帰りにそのまま秘密基地へ行ったのかもしれない。

魔法がどこまで届くかわからない。缶バッジを見て仲良くなったみんなの記憶は消えても、前から友達だった哲ちゃんに魔法は関係なくて、記憶は残っているんじゃないかと思う。記憶がなくなったとしても、ぼくに蹴られた感触やその時の感情は心の奥に残るだろう。哲ちゃんを蹴った感触も感情も、ぼくの心から消えることはない。あんなことをして、哲ちゃんがまだぼくと友達でいてくれるはずがない。でも、哲ちゃんならいてくれる気がした。

サッカーをするためにみんなが集まっているグラウンドの横を通り、草むらへ行く。

みんなのことを昨日までほど嫌いではなくなった。憧れる気持ちもなくなった。幼稚園の時みたいな友達には戻れないと思っていた石井君や久保君とは、仲良くなれる気がした。逆に、仲良くなれるかもしれないと思っていた島田君とは、すぐには友達になれないとわかった。いつものぼくに向けられる意地悪な気持ちだけじゃなくて、今日のぼくに向けてくれた優しさも全員が持っている。外から見ていただけでは、わからなかったことを知ることができた。

ぼくにとって、一番大切な友達が哲ちゃんだということもわかった。情けないけど、いじめをやめようとみんなに言ってやめさせることは、ぼくにはできない。ぼくは哲ちゃんと一緒にいて、いじめに負けない方法を考えないといけない。その後でいつか、みんなと仲良くなれる日が来ればいい。

草むらを抜け、秘密基地の前に出る。

誰もいなかった。

昨日から干したままのレジャーシートが風に飛ばされそうになっている。草が揺れ動き、波打つ。その中に、何かが動く音が交ざっていた。

秘密基地の裏に行く。草むらの中に哲ちゃんの赤いランドセルが見えた。急いで出ていこうとして、草に足を取られている。追いかけて後ろからランドセルに手を伸ばす。

「やめてよ」哲ちゃんが大きな声を上げて、振り返る。

泣きそうな顔をしていた。やっぱり、今日のことは哲ちゃんの記憶から消えていない。けど、哲ちゃんが泣かないことをぼくは知っている。どんなにいじめられても、病院が怖くても、哲ちゃんは泣かない。クラスで一番小さいのに、勇敢だから。

「ごめん」

「ピンバッジは？」泣くのをがまんして、哲ちゃんは言う。

「持ってる」

ズボンのポケットに手を入れる。しかし、何も入っていなかった。学校で外して入れたはずだ。どこかで落としたのかもしれない。

「ないの？」

「うん」

「あんなことされても、きっとぼくが知らないところで何かあったんだと思ってた。だから、ここに来た。でも、サトシ君が近付いてくるのが見えたら、怖くなった」

「ごめん」

田中君にもらった缶バッジのことは話せない。ぼくは哲ちゃんを裏切った。ピンバッジを見つけても、昨日までのぼくと哲ちゃんには戻れない。缶バッジを返すんじゃなかった。哲ちゃんに見せれば、仲直りできる。でも、それは魔法で仲良くしているだけで、本当の友達じゃない。

赤くて細長い蛇が草むらの奥から出てくる。哲ちゃんは気がついていない。教えてあげたいのに、言葉が出なかった。

恋人ロボット

夏休みが終わり、大学内の人口が増えた。

休み前はまじめに授業に出ていた一年もサボり始め、二年や三年は出席回数を計算して適当にやりすごす時期だ。やりすごしているうちに学祭の準備期間に入り、大学は開店休業状態になる。四年は就職課に用がある時しか来ない。去年の今頃はもっと閑散としていた。

それなのに、さっきの授業も出席率が高かったし、今いる学食も混んでいる。

「みんな、まじめなんだね」隣に座る美歩ちゃんはそう言い、大きく口を開けて、ハンバーグを食べる。

「そんなことないと思うけど」僕は唐揚げ定食を食べながら答える。

美歩ちゃんはハンバーグを一切れ残し、唐揚げに手を伸ばしてくる。もらっていい？　とか、ちょうだいなんて言わずに、大きめのを選んで二個も食べてしまう。ごはんと唐揚げの配分を計算して食べていたのだけど、文句を言ってもお腹に入ってしまったものは返してもらえない。しょうがないから味噌汁と漬物でごはんを食べる。

「ハンバーグいる？」

「いい、いらない」

「いいの？」

「うん、いいよ」

「じゃあ、わたしが食べよう」嬉しそうに最後の一切れを食べる。

一応聞いてくれただけで、ハンバーグをくれる気がないことはわかっている。ちょうだいと答えたら、不満そうに口を尖らせるんだ。

高校一年生になる直前の春休みから付き合い始め、もう四年半も一緒にいる。小学校と中学校の同級生で、実家も近所で、子供の頃から仲が良かった。付き合って初めて知ったこともあり、いつまで経ってもわけのわからないことばかりだが、食べ物に対する感情のパターンくらいはわかる。

「あゆむ、午後の授業出るの？」

同じ部活の永野が食べ終わったトレイを持って、僕の前を通りすぎる。何か言いたそうに、美歩ちゃんを見ている。

しかし、永野も女と一緒だった。

彼女は何も持っていなくて、つかまるようにして永野と腕を組んでいる。夏休み前、永野に彼女なんていなかった。休み中に何があったか、後で確かめないといけない。

「出ない」

「ああ、そう。じゃあな」

それだけ言い、永野と彼女は学食から出ていく。

どこかで見たことがある女の子だった。授業か飲み会で会ったことがあるのかもしれない。身長は永野より少し低くて、美歩ちゃんと同じくらいだろう。太ってもいないし、やせているというほどでもない。平均的な体型だった。顔もかわいいというほどではないが、かわいくないわけではない。彼女にするにはちょうどいい辺りだ。

美歩ちゃんは彼女にするには、かわいすぎる。隣を歩いているのがたまに恥ずかしくなる。僕は美歩ちゃんより背が低くて、体も細い。並んで立っていても、三歩下がっているように見えるらしい。高校生の頃は、アイドルと付き人みたいと言われていた。幼なじみじゃなかったら、僕なんかが話せる相手ではない。近所の公園に呼び出されて告白された時には、からかわれているんだと思った。女子達によるドッキリだと疑ったら、ひどいと言って平手で叩き飛ばされた。涙を堪えて顔を赤くしていて、本気なんだと気づかされた。

唐揚げ定食を食べ終えて周りを見ると、永野が連れていたのとよく似た女の子がたくさんいた。

大学にいる女子はみんな、雑誌からそのまま出てきたような同じ髪型と服装をしているのだけど、背格好まで同じくらいの女の子がたくさんいる。

そして、夏休み明けだからって、こんなに増えるものなのかと不思議になるくらい、カップルばかりだ。逆に彼女がいない奴は休みを延長しているのか、女子のグループはいるのに、男同士でつるんでいる奴はほとんどいない。

「そろそろ行かないと」壁にかかっている時計を見上げて、美歩ちゃんはトレイを持って立ち上がる。

「うん」

「駅まで一緒に来て」

「東京駅まで送るよ」

「そこの駅まででいいよ」

学食を出て、裏門から大学の外に出る。荷物を取りにアパートへ寄る。引き止めたくなるのをがまんして、駅まで送っていく。

東京駅まで一緒に来てほしいのだろうけど、泣く姿を見られたくないというのもあるだろう。美歩ちゃんは気が強いくせに、すぐに泣く。僕も東京駅まで行ったら泣いてしまいそうだ。高速バスのターミナルで大袈裟に見送るより、近くの駅でさりげなく別れた方がいい。

僕と美歩ちゃんは同じ大学に通っているわけではない。高校を卒業して、二人とも地元を離れた。僕は東京の大学に進み、美歩ちゃんは仙台の大学に進んだ。七月の終わりから九月前半までは、それぞれアルバイトに明け暮れた。貯めたお金で僕がまず仙台に遊びにいき、その後で美歩ちゃんが東京に遊びにきた。昨日の夕方帰る予定だったのだが、授業に出てみたいと言い出して、滞在を延ばした。

高速バスの昼便を使えば往復六千円程度の距離だけど、二人で買い物に行ったり、テーマパークに行ったりするお金も考えれば、一人暮らしの大学生には痛い出費だ。

「じゃあ、またね」美歩ちゃんは荷物を抱きかかえて、改札の向こうに行ってしまう。

「学祭、来るでしょ？」

去年は僕が美歩ちゃんの大学の学祭に行ったから、今年は美歩ちゃんが来る約束だ。

「うん」

「じゃあね」

改札を挟んで手を振り合う。泣き出しそうな顔を見て、やっぱり東京駅まで行くと言いたくなった。

僕は東京に出てみたかっただけで大学を選んだが、美歩ちゃんは違う。勉強したいことがあって仙台の大学に通っている。僕も同じ大学を選ぶことはできたけど、そういう人生の決め方を彼女が望んでいないのはわかっていた。

構内に戻り、部室棟へ行く。

授業を受ける気はしないし、アパートで一人になるのも避けたい。

夏休み中はずっと部活に顔を出していなかったから、久しぶりだった。四階の一番奥に科捜研部の部室がある。部室が欲しくて作られたクラブで、科学も捜査も研究もしていない。

入学式の日に僕と永野は先輩達から女子も多いと聞かされ、まんまと騙されて入部することになった。彼女がいるのに、それなりに楽しい学生生活を期待した罰だ。部室にはむさ苦しいとしか言いようのない男しかいなくて、常に異臭が立ちこめている。美歩ちゃんに部室も見たいと言われたけど、断った。どうして駄目なの？　と、不機嫌になられても連れてくるわけにはいかなかった。どこの大学にも、足を踏み入れない方がいい場所がある。科捜研部の部室は、うちの大学内でそういう場所と認識されている。関わると、輝かしいはずのキャンパスライフが腐っていく。

部の存続のために退部は許されない。名前だけ残して部室に行かなければいいのだが、なぜか足が向いてしまう。

「こんにちは」

「おお、久しぶり」

扉を開けたら、永野と三年生の先輩が二人いた。

しかし、中の様子が夏休み前と違った。穴が開いて綿がはみ出していたソファーには花柄の布がかけられ、もとは白かったのに茶色くなっていたカーテンは新しい水色のものに替わっている。食べ物なのか汗なのかなんなのかわからない謎の異臭もしなくて、フローラル系の洗剤の香りがする。

何よりも永野だけではなくて先輩二人も彼女を連れている。先輩達が女子といるところなんて、初めて見た。

「どうしたの？　これ？」永野に聞く。

「あゆむこそ、どうしたんだよ？　彼女は？」

「帰った」

「電池足りなくなったの？　充電ならここですればいいのに」

「はい？」携帯電話の充電なら足りなくなりそうではあったが、人間の話をしているはずだ。

「彼女、どこが出してるやつ？」

「どういうこと？」

「どこが出してるロボット？」

「はあっ？」

永野の彼女と先輩達の彼女が一斉に僕を見る。表情や髪型は少しずつ違うけど、三人とも同じ体型をしていた。


五年前の夏、僕が中学三年生だった頃、家庭用ロボットの一号機が発売された。

十年くらい前から企業用ロボットは使われ始めていた。でも、家庭用はそれぞれの家に合わせた設定が必要になり、定期的なメンテナンスも必要なため、難しいと言われていた。大豪邸と言えるような家で企業用を使っていることはあったが、一般家庭用は庶民の夢だった。

最初に発売されたのは、掃除ロボットだ。これは家庭用ロボット零号機と呼ばれている。発売されたのは一号機が出る一年くらい前だったと思う。家庭用という感じではなくて、企業で使われていたものを小型化したものだ。普通の掃除機より少し高い程度の価格だったのもあり、一般家庭に普及していった。僕の実家でも購入して、今も使っている。

掃除ロボットが各家庭に馴染み始めた頃、掃除、洗濯、料理など一通りの家事をする家庭用お手伝いさんロボット一号機が発売された。子供の面倒も見てくれるので、共働きの家庭向けと宣伝していた。

しかし、本体も高額で、維持費や通信費もかかる。子供が大きくなるまでお手伝いさんに頼むのと変わらないくらいの費用がかかった。また、微妙に人間と違う外見は小さな子供を怯えさせた。実家の近くの大型電機店に見にいったことがある。頭が大きくて五頭身くらいしかないものや、目玉に埋めこまれたカメラが丸出しになっているものや、表情はないのに音声は感情豊かなものが並んでいた。マネキンやぬいぐるみとも違い、中途半端に人間と近くて気持ち悪かった。人間と同じ触り心地と宣伝していたが、低反発枕のような弾力だった。友達の家にいる機械丸出しの工場員ロボットや店員ロボットの方が、ロボットとして割り切っている分だけかわいげがある。大きなニュースにはなったけど、ほとんど売れなかったようだ。

その後も研究と開発はつづけられた。それぞれの家庭環境に合わせられること、メンテナンスの簡易化の他に、より人間に近付けることが大きな課題とされた。新モデルが発売されるごとに人間に近くなっていった。顔が小さくなり、手足の動きも滑らかになった。付属のタブレットを使えば、料理の味、爪切りや印鑑を置く場所、子供達が帰ってくる時間など、細かいデータを簡単に変えられる。

カリスマ主婦モデルが使い始めたことをきっかけに、市場は一気に広がった。いつの間にか、芸能人の間では持っているのが常識になっていた。でも、それはやはり都会に住む一部の金持ちのもので、僕達みたいな田舎の高校生には関係がないものだ。母がテレビコマーシャルを見ながら欲しいと呟いても、父は聞こえないフリをしていた。

一人暮らしの子供に買い与える親がいるとか、値段も発売当初に比べたらずっと安くなったとか聞いたことはあった。一号機が発売されて五年が経ち、テレビのニュースになるほどのことではなくなったけど、雑誌やネットのニュースサイトでは新作が出る度に特集記事が載る。

大学内にも持っている奴が何人かいるとは聞いていた。でも、夏休み前に構内で見かけることはなかった。

「七月に出た新作、科捜研としては持っておきたいですよね」永野が言い、先輩達は大きくうなずく。

僕達が話している間、ロボットのうち二体は給湯室にお茶を淹れにいき、一体は首の後ろから充電している。

「科捜研って、そういう部活なんでしたっけ？」

「科学っぽいじゃん。今年の学祭はロボットの研究発表やるぞ。実行委員の奴ら見てろよ」先輩が言い、永野ともう一人の先輩が大きくうなずく。

科捜研部というからには、事件について調べたり、地質や水質を研究したり、やるべきことが他にある。ロボットは物理学や工学系の部活が研究するべき分野だ。学祭で科捜研部がロボット研究というのは、ギリギリ間違っている気がする。

文化系の部活は学祭で研究発表をする決まりになっている。科捜研部は実行委員に、一年間の研究成果を発表すると書類を出し、当日は黒板に大きく「ボイコット貫徹！」と書いて全員不参加というのが恒例になっていた。実行委員もわかっていながら書類を受理してくれていたが、今年こそ何かしないと廃部と言われている。謎の異臭や先輩達が部室で寝泊まりして住居化していることに、他の部からクレームが出たのが原因だ。

ロボット二体が戻ってきて、永野のロボットがテーブルの上に冷たい緑茶を並べる。僕の前、先輩二人の前、永野の前の順に置く。僕を客だと判断したのだろう。

「ユイちゃん、こいつはオレの友達。二人は先輩」永野がロボットに説明する。

「ごめんなさい。失礼しました」ロボットは先輩に謝る。

話し方と表情が合っていて、人間と変わらないように見える。

高校生の頃は、ロボットがどこまでできるようになるのか想像して、友達と話していた。受験勉強が大変になり、そんな話もしなくなった。僕達の想像より遥かに進化したようだ。

「いいよ、いいよ」先輩達が永野のロボットに言う。

この人達、こんなに穏和だったかなと違和感を覚えた。夏休み前、何を思ったのか、一年が部室に彼女を連れてきた。その時には、ジュースを買いにいかせて、ぬるいとかまずいとかいちゃもんをつけてキレまくっていた。先輩達がいないところで一年に、二十歳過ぎて彼女がいないと人格が崩壊するんですねと言われた。

しかし、今はそれ以上に違和感を覚えることが起きている。

「ユイちゃんって？」永野に聞く。

「彼女の名前だよ」

「名前つけるものなのか？」

「だって、オレの彼女だよ」

「ん？」

永野は部室に入ってきた僕に、彼女は？　と聞いた。恋人という意味の彼女かと思ったが、話しているうちにロボットに対する代名詞としての彼女だったんだと頭の中で変換された。でも、その変換は間違っていたようだ。

七月のボーナス商戦に合わせて各社から新作ロボットが発売された。従来のものよりも性能は上がったが、家庭用ロボット量産時代に入り、値段は一気に安くなった。いずれは携帯電話やパソコンのように一人一台が当たり前になると言われている。お手伝いさんロボットであり、メインで製造されているのは女性型だ。だから、代名詞は「彼女」を使うことが多い。

販売台数は増えてきているものの、一般家庭への普及率はまだ低い。市場を伸ばしているのは、一人暮らしの男だ。大学生や二十代から三十代の男性が恋人と錯覚してしまうことがある、とニュースサイトで話題になっていた。

夏休み前半に永野から見せたいものがあるとメールが届いた。アルバイトで忙しかったので、また連絡するとだけ返して忘れていた。休みに入ってすぐにロボットを買い、恋人気分で夏休みを過ごしたのだろう。

子供が呼びやすいようにロボットに名前をつける家もあるらしいが、普通はそんなことはしない。冷蔵庫や洗濯機や炊飯器に名前をつけないのと同じことだ。

「あゆむのロボット、どこでカスタマイズしてもらったの？　髪型とかいい感じだよな。顔つきもちょっと違ったし。まあ、オレのユイちゃんの方がかわいいけど」

部室の奥にある机の方へ移動して、永野と二人で話す。

先輩達はソファーに座って、ロボットについて話している。恋人を紹介する気分なのか、二人ともお互いのロボットのいいところを言い合い、照れ笑いを浮かべる。ユイちゃんは部室の掃除をしていた。

「ロボットじゃないよ。人間の彼女だよ。高校の時から付き合ってる彼女がいるって知ってんだろ？　夏休みで遊びにきてたの」

「まだ付き合ってんのかよ？」

「うん」お茶を飲む。ペットボトルのお茶とは味が違う。

永野がロボットにお茶の淹れ方を教えたとは思えないから、基本的な家事として初期設定されているのだろう。

「嘘だろ」

「いや、マジで。ロボット買う金とかないし」

「マジで？」

「マジ」

「そうなんだ。だったら、ロボット買った方がいいよ」

「金ないし。必要ないよ」

「いやいや、買った方がいいって。安くなったし。月々の支払いは、携帯電話と変わらないよ。ユイちゃんがいれば携帯もパソコンもいらないし」

「どういうこと？」

「彼女達についてるデータ通信機能で全部できるんだよ。調べたいことがあったら、教えてって声をかければ必要な情報を話してくれるから携帯やパソコンより楽だよ。地図なんて画面で見てもよくわからないじゃん、右左しか言わないナビと違って、行きたい場所に彼女が連れていってくれる。メールとか画面で見たいものはタブレットを接続すればいいし。オレはメールもユイちゃんに読んでもらっちゃうから、タブレットを使うことはほとんどないな」

「電話はどうするの？」

「ユイちゃんの耳がマイクになって口がスピーカーになる。彼女と普通に喋ってる感じで電話ができる。男の声が彼女の口から出てくると萎えるけど、すぐに慣れるよ」

「へえ」

お手伝いさん以上の機能が付いて連れて歩くようになり、大学内の人口も増えたようだ。

アルバイトをして美歩ちゃんと遊んでいるうちに、世間の流れに乗り遅れてしまった。ネットやテレビのニュースを見て情報としては知っていたのに、手が届くものとは考えていなかった。

体型はどこのメーカーから出ているものもほとんど変わらないが、顔のパーツや髪型はカスタマイズできる。洋服は人間と同じだ。だから、部室にいる三体は服装と髪型は違うし、目つきや口元の感じも違う。それなのに、同じように見える。人間だったら、今日ここで会って話せば、しばらくは顔を憶えている。彼女達の顔は明日になったら、忘れてしまう気がする。動物を見る時の感覚に近いかもしれない。チワワが三匹いたら、それぞれで違う顔をしているとわかっていても、同じに見える。

三体を比べるように見ていたら、先輩達に睨(にら)まれた。ロボットを恋人として考えるのは現代病とニュースで言っていた。重症の人がこんな身近にいると思わなかった。

「あゆむも買えよ。それで、四人で遊びにいこう」

四人ではなくて、二人と二体だろという突っこみはするべきではなさそうだ。

「でも、必要ないしな」

「買ったら、必要性がわかるって。ユイちゃんがいない生活には戻れないもん」

「携帯で充分だよ」

そう答えながら、欲しいなと心が傾き始めていた。みんなが持っているものや流行っているものは、僕も欲しい。携帯電話と変わらない値段ならば、買えないこともない。

「なんでもやってくれるし、オレのことわかってくれるし、人間の女みたいに面倒くさくないよ」

永野はユイちゃんに手を振る。山積みになっている雑誌を整理していた手を止めて、ユイちゃんは手を振り返す。手を振られたら振り返すとプログラムされているのだろう。

それなのに、永野は付き合い始めたばかりの恋人を見るように、幸せそうにしている。

永野と大型電機店へ行った時には、まだロボットを買うつもりはなかった。とりあえず見にいくだけという気持ちだった。月々の支払いは携帯電話と変わらなくても、初期費用は高い。タブレットや充電器といった付属品も多いし、裸にしておくわけにもいかないから服や靴も揃えなくてはいけない。しかし、店員さんにうまく乗せられて、たっぷりのオプションと割引に断れなくなった。仙台へ行くために貯めておいたお金を使ってしまった。

アイちゃんが僕の部屋に来て一ヶ月が経った。

名前なんてつけないつもりだったが、つけた方が呼ぶ時に自然だった。候補をいくつか考えて、人工知能を表すＡＩからアイにした。それ以外の名前は人間らしくなりすぎて、ロボットではなくて知らない女の子に見えた。

最初は美歩ちゃんに似せようと思い、黒髪セミロングで少し吊り上がった大きな目にカスタマイズしてもらった。しかし、よく似ているけれど全然違う顔が余計に美歩ちゃんを思い出させる。すぐに茶髪のボブで少し垂れた目に変えてもらった。

自分でロボットを持つようになったら、永野のロボットと先輩達のロボットで顔が違うのがわかるようになった。

「今の芸人さ、永野に似てない？」部屋でテレビを見ながら、アイちゃんと話す。

「目の感じが似てますね」

「そうだよね」

データにないことで意見が合うと、アイちゃんは嬉しそうな笑顔になる。笑うと、垂れ目がより垂れる。

大学は学祭の準備期間で開店休業中だ。科捜研部の先輩達はロボットに関する研究発表をすると張り切っている。教室の準備に来いと言われたが、一人で研究をつづけますと言って断った。一ヶ月かけて少しずつデータを書き換えてきた。授業が休みの間により使いやすくしておきたい。

買った時は、掃除や洗濯をしてくれれば楽だしいいかなくらいの気持ちだった。アイちゃんが家事をしてくれれば、アルバイトの時間を増やせる。授業とバイトと飲み会で疲れ果てて帰ってきて、干しっぱなしの洗濯物に悩まされることもなくなる。ごはんを食べた後にうっかり寝てしまい、起きたらテーブルの上が片づいていた時には、感動すら覚えた。

部屋に置いておき、家事をやってもらうという従来の使用範囲にしておくつもりだった。それなのに、永野と先輩から見せてと頼まれて学校へ連れていってしまった。永野の手により学校用のアプリを入れられたら、手放せなくなった。

アイちゃんがいれば掲示板や携帯電話で休講のチェックをしなくていい。大学から配信されているデータをアイちゃんが受け取り、僕に教えてくれる。学食の日替わり定食の情報、教室の変更、レポート提出日、全てを調べてくれる。機能としては携帯電話と変わらないが、友達と話している感覚で聞けばなんでも答えてくれるので、手間が省けた。アルバイトや飲み会のスケジュール管理もしてくれて、有能な秘書がついたような気分だ。

ロボットを連れて歩いていたら女子に冷ややかな目で見られるかと思っていた。でも、男と同じくらいにロボットを持つ女子は多い。女子のグループに見えても、中にはロボットが何体か交ざっている。洋服を共有して、ヘアメイクの話をして、恋愛の相談もして、一緒に遊びにいき、姉や妹ができたようだと言う女子もいた。人間の友達といるより気楽と言っていた。

確かにアイちゃんといるのは、永野や先輩達といるより何倍も気楽だ。彼女の中身は僕のコピーだ。僕の好み通りに料理を作り、僕が望んだタイミングで話し、僕が使いやすいように洗濯物をたたみ、僕が好きなテレビ番組を一緒に見て、僕が眠る時に彼女も眠りに落ちる。視覚や聴覚でとらえられるものの好みは、データを書き換えなくても一緒に生活していくうちに勝手に憶えるようにできている。バラエティ番組を見ながら同じタイミングで笑ってくれる人が部屋にいるだけで、毎日の生活が楽しくなる。

「そろそろ、夕ごはんの準備をしますね」

夕方のニュースが始まり、アイちゃんは立ち上がる。

「うん、お願い。そういえばさ、昨日のサバ味噌はちょっとしょっぱかった」

「ごめんなさい」台所でエプロンをしながら、僕の方を見る。

「大丈夫、今度はもう少し味噌の量を減らしてみて」

彼女達は飲み物や食べ物を口に入れることはできる。しかし、消化や排泄（はいせつ）はできなくて、お腹を開いてそのままゴミ箱に捨てる。食べ物がもったいないし、故障の原因にもなるので、食べさせない方がいい。味覚でとらえるものは、細かく好みを伝える必要があった。タブレットを繋（つな）がなくても、こうして話しているだけでデータが変わる。そして、僕が矛盾したことを言っても過去のデータと照らし合わせ、僕の体調に合わせて塩の量を増やしたり減らしたりしてくれる。前はしょっぱい方がいいって言ったじゃんとか、文句を言ってくることはない。

それだけは考えないようにしようと思っていたが、美歩ちゃんといるより、ずっと楽だ。

美歩ちゃんが作ってくれた料理は、どんなにまずくてもおいしいと言わないといけない。掃除してあげると言って部屋中を荒らす。高校生の時に女子と撮った写真を発見して、友達だと知っているのに怒る。永野に借りたエロDVDを発見された時には、一緒に見るという拷問の刑に処された。映画や音楽の好みも違い、僕が見たい映画や行きたいライブには行ってくれない。美歩ちゃんが好きな映画はホラーで、僕は苦手なのに一人じゃ見られないと同行させられる。四年半、よく付き合えたなと思う。付き合っている間だけではなくて、子供の頃からそうだった。もう十五年近くわがままに振り回されてきた。

アイちゃんにできなくて、美歩ちゃんにできることはキスやセックスだけな気がしてきている。

ロボットの見た目は人間に近くなったが、素材は一号機とほとんど変わらない。低反発枕の弾力と人間の女の子の柔らかさは違う。体温は常に一定に保たれている。永野みたいに腕を組んで歩いたりしないし、触れ合おうとは思わない。何かの拍子で体に触れた時に、人間とは違うんだと感じる。

そういう時に急に美歩ちゃんと会いたくなる。ぎゅうっと体を抱きしめたい。身悶えるほどに会いたくて、仙台まで行こうかなと考える。でも同時に、僕が美歩ちゃんに求めていることが、それだけになっていることにも気づかされた。

「電話ですよ」台所からアイちゃんが言う。

「誰から？」

「携帯電話が鳴っています」

「ありがとう」カバンに入れたままになっていた携帯を出す。

携帯にかけてくるのは美歩ちゃんだけだ。学校やバイト先の友達からはアイちゃんにかかってくる。美歩ちゃんにはアイちゃんのことをまだ話していない。女の子の形をしていることも、仙台に行くお金を使ってしまったことも、絶対に怒られる。

台所と部屋の間の扉を閉めてから電話に出る。浮気しているんじゃないんだからと思っても、アイちゃんが見ている前で美歩ちゃんと話すのは気まずかった。

「もしもし」

「行けなくなっちゃった」

美歩ちゃんは、あいさつもせず、今話せる？　とかの前置きもなく、用件からいきなり話す。僕のもしもしと重なり、最初の言葉がいつも聞き取れない。

「何？」

「だから、学祭に行けなくなっちゃった」会えなくなったのに、残念そうではなかった。

「どうして?」

「その日、うちも学祭じゃん」

「それは知ってるけど、出なくてもいいからこっち来るって言ってたじゃん」

「それがさ、公開講座を手伝うことになって」

「なんで?」

「教授の指名。すごくない? 普通は二年生なんて頼まれないんだよ。四年生とか院生がやることを頼まれたんだよ」声が嬉しそうに高くなる。いつもは低い声なのに、教授の話になると高い声を出す。

その教授を追いかけて、美歩ちゃんは仙台の大学に進んだ。相対性理論がどうとか、タイムマシンがどうとか、そういう分野で有名な人らしい。教授っていうくらいだからじいさんだろうと思っていたが、その大学で最年少で教授になったらしく、まだ三十代後半だった。しかも、かっこよくて背が高い。写真や映像を見ると気になるから見ないようにしていたら、夏休みに超能力特集のテレビ番組にゲスト出演していて、見てしまった。美歩ちゃんは、憧れているだけで好きになんてならないよ、わたしの好きなタイプはわかってるでしょと言っていた。でも、嫉妬するなと言う方が無理だ。

「あゆむ君さ、今年もうちの学祭来なよ。タイムマシン実験見られるよ」

「別に、僕が未来や過去に行けるわけじゃないんだろ」

「それは、そうだけど」

「いいよ。興味ないし」

「来てよ」

「金ないんだよね」

「どうして？　夏休みにアルバイトしたお金残ってるでしょ？　仙台に行く用に貯金しておくって言ってたじゃん」

「ちょっと、使っちゃってさ」

「何に？」機嫌が悪くなっていくのが電話越しでもわかる。声が一気に低くなった。

「大学で使うもの」

「嘘だ。何か隠してるの？」

「隠してないよ」

「はっきり言って。離れてるんだから、こういうのやめて」

「わかってるよ。だから、隠してないって」

「全然わかってない。なんか気持ちすれ違ってるよね。夏休みに東京に行った時だって、東京駅まで送ってくれなかったし」

「美歩ちゃんがいいって言ったんじゃん」

「いいって言っても、来てほしかったの。はっきり言わなくてもわかるでしょ。大学だってさ、仙台の大学に一緒に行くって言ってくれなかったし。あの時からすれ違いが広がっていってる気がする」

「いつの話をしてんの?」

「ずっと気になってたんだもん。どうして一緒に行くって言ってくれなかったの?」

「だって、そういう、彼女に合わせるみたいなのは嫌いでしょ?」

クラスメイトが彼氏や彼女に合わせて進路を変えると言っているのを美歩ちゃんはバカにしていた。本人達には言わなかったが、僕の前ではああいう考えには反対と話していた。

「そうだけどさ」

「ごめん、ちょっと今忙しい。また電話する」

何か言われるより前に電話を切ってしまう。四年半も付き合っていれば、別れ話が出たけんかしたことは今までに何回もあった。たことは二度や三度ではない。でも、お互いの気持ちが本気で離れてしまったと感じたことはなかった。僕が謝って仲直りすることがほとんどだけど、本当に駄目かもしれないという時には美歩ちゃんが謝ってくる。今くらいのけんかだったら、いつも通りに僕が謝れば済むことだ。美歩ちゃんが言うことにうなずき、ごめんねと言えばい い。仙台に行くお金もどうしても用意できないわけではない。ただ、どうでもいいと感じてしまった。

扉を開けて台所に行き、アイちゃんの隣に立つ。

「どうしました?」アイちゃんが僕の顔をのぞきこんでくる。

正面から向き合っても、目が合ったと感じることはない。目玉によく似たガラス玉に僕が映る。ガラス玉の中心、瞳孔の部分に埋めこまれた小型カメラで僕を見ている。

それでも、首の角度と少し閉じられた目で、僕を心配してくれていると感じられる。感情なんてなくて、カメラに映った映像から僕の行動や表情を分析し、プログラムが反応しているだけだ。

理解しているのに、抱きしめたくなった。

学祭の日、大学へ行ったら、科捜研部が借りている教室はロボットによる耳かき屋になっていた。

研究結果として、ロボットの使用方法で最も健全で気持ちいいのが膝枕ということだった。低反発枕のような弾力だから、当たり前に思える。先輩達のロボットと永野のユイちゃんの他に、一年のロボットも駆り出されていた。

「アイちゃんも連れてこいよ」受付で隣に座っている永野が言う。

アニメキャラクターのコスプレをして、ユイちゃんは先輩達のロボットと人気ナンバーワンを争っている。売上が黒字になれば、衣装代は経費としてもらえる。そのために、先輩も一年も普段は彼女のように扱っているロボットを他の男に平気で差し出している。

ロボットを持っていても、他のロボットを試したいというのは、人間の女の子に対するのと変わらない感情だろう。人間の女の子と違い、浮気をしてもロボットは怒らない。耳かき屋は大盛況だった。

「嫌だよ」

「他の男に触られたくないとか、そういうのは不健全だと思うぞ」

「そういうことじゃなくてさ」

「じゃあ、なんだよ」

「なんか、調子悪いんだよね」

「そうなの？　見てやろうか」

「いいよ、メンテナンスに出すから」

アイちゃんの調子は悪くなんてなっていない。美歩ちゃんと電話でけんかした日から、連れて歩くのはやめた。部屋に置いて家事をしてもらうだけになった。それ以外の時は、電源を切って会話もしていない。

ここまで普及しても、昔から映画やまんがでテーマにされてきたロボットの人権問題が騒がれることはない。

アイちゃんを買うまではロボットと人間は同じではないというのが僕の考えだった。だからと言って、ロボットを下に見ていたわけではない。彼女達はあくまでも機械で、人権以前の問題だ。でも、アイちゃんと一緒にいたらわからなくなった。彼女達が人間か機械かということは、持ち主一人一人が決める問題だ。

アイちゃんは、僕のことをなんでもわかってくれて、誰よりも優しくしてくれる。このままでは、彼女を本気で好きになるかもしれない。僕にとって、アイちゃんは人間以上に大切な存在になりつつあった。

「当番、交替します」一年が来る。

「お願い」

永野と僕は受付を出る。

「どうする？　メシ食いにいく？」永野が言う。

「いや、アパートに帰る」

「何？　彼女来るの？」

「来ないよ。ちょっと眠くて」

美歩ちゃんは今頃、仙台の大学で憧れの教授の手伝いをしているのだろう。嬉しそうに目を輝かせている姿が見えるようだ。会いにいけばよかったと後悔する気持ちがないわけじゃない。でも、会いにいく必要がないと思う気持ちの方が強くある。美歩ちゃんから電話もメールも来ないし、このまま別れるのかもしれない。子供の頃からずっと一緒にいて、離れて暮らしても大丈夫だと思っていたのに、こんなことで駄目になるとは思わなかった。

「じゃあな」

「じゃあな、後夜祭には戻ってくる」

校舎を出て、飲食模擬店が出ている中庭に行く永野に手を振る。

イベントをやっている体育館や講演会をやる講堂に向かう人達の流れに逆らい、大学の敷地の外に出る。喧噪（けんそう）が遠くなった瞬間、寂しさを感じた。去年行った美歩ちゃんの大学の学祭を思い出し、いつも一緒にいた中学や高校の文化祭を思い出した。もう僕の隣に美歩ちゃんはいないということが実感として襲ってきた。

アパートに帰り、部屋のドアを開ける。

「おかえりなさい」電源を切って奥の部屋にいるはずのアイちゃんが台所にいた。大量の玉ねぎを切り刻んでいる。

「ただいま。あれ、どうしたの？」

「カレーを作ります」

「えっ？」そんな指示は出していない。

本当に調子が悪くなったのかもしれない。カレーの作り方も、僕が入れたデータと違う。

「電源は？」

「美歩さんが入れてくれました」

「美歩ちゃん？」

靴を脱ぎ、玄関に上がる。奥の部屋に行く。

「おかえり」美歩ちゃんがいた。タブレットでアイちゃんのデータを見ている。

「何してんの？　学祭は？」

「教授の依頼断って会いにきてあげたんだから、もう少し嬉しそうにしなさいよ。それとも、わたしよりロボットのアイちゃんが好きになった？」

「そんなこと、あるわけないじゃん」隣に座る。

僕の方を見ないで、美歩ちゃんはタブレットを見つづけている。僕とアイちゃんの一ヶ月の全てがそこに入っている。

「すごいね。うちの大学だと企業用ロボットが普通にいるけど、一般家庭用ってよく知らなくて。ここまでパーソナルに対応できるようになってるんだ」

「うん」

「カレーの作り方とか、上書きしておいた。あゆむ君はお母さんの味でも、アイちゃんの味でもなくて、美歩の味だけを好きになって」顔を上げ、いたずらに成功したような笑顔で僕を見る。

「勝手だなあ」

そう言葉にしたら、だから美歩ちゃんが好きなんだと思い出した。

横から美歩ちゃんの体を抱きしめる。

「暑いよ」

「会いたかった」

「ウザい」裏拳で顔を殴られる。

アイちゃんだったら、絶対にそんなことはしない。

美歩ちゃんは照れているのをごまかそうとして、顔を歪めている。かわいいと言ったら、今度は平手で叩き飛ばされた。

惚れグスリ

長谷川(はせがわ)さんが席を立つ。

プリンターからＡ４の紙を一枚取り、僕の正面の席に戻る。何か書きこみ、紙を持ってまた席を立ち、所長のところへ行く。紙を受け取り、所長は渋っているような顔をするが、ハンコを押す。少し話した後に紙を返してもらい、長谷川さんはフロアの奥にいる事務の女子社員に紙を提出して、席に戻ってくる。

「有休？」

「ん？」

パソコンのモニターの向こうから、長谷川さんは顔を出す。

「有休とるんじゃないの？」

所長にハンコをもらって提出する書類はいくつかあるが、僕や長谷川さんみたいな独身社員がこの時期に出すのは、有休届けぐらいだ。

「うん。月末にね」顔を引っこめて、カバンから携帯電話を出して開く。

「何日？」

「二十九日と三十日。月末締切の仕事は二十八日までに終えていくから」携帯でメールを打ちながら話す。

「どっか行くの？」

「実家に帰る」

「家族が病気とか？」

「ううん」

「じゃあ、なんで？」

「なんでって？」

「年末年始に帰ればいいじゃん」

貴重な有休を使わなくても、一ヶ月待てば正月休みだ。長谷川さんの実家は九州にある島だから、帰るのに時間がかかるだろう。東京に来るより前のことを長谷川さんはあまり話さないけど、宇宙開発研究所がある島だと前に言っていた。鹿児島空港まで飛行機で行き、そこからさらに飛行機か高速船やフェリーに乗り継がないといけないはずだ。二十八日の月曜日は出勤するならば、土日と合わせて帰るわけではない。正月休みにゆっくり帰る方がいい気がする。

カバンに携帯をしまい、長谷川さんは顔を上げる。でも、モニターを見ていて、僕の顔は見てくれない。

「高校の友達と会うから」

「結婚式?」

「ううん」

「同窓会?」

「ううん」

それ以外に、高校の友達と会う用事なんかあるのだろうか。僕は、大学に入るより前は友達がいなかった。高校卒業後は、同級生の誰とも会っていない。

「田中、あんまりしつこいと嫌われるぞ」いつの間にか、所長が後ろに立っていた。

「はい。すいません」所長にではなくて、長谷川さんに謝る。

「いいよ。田中君がしつこいのはいつものことだから」モニターの向こうから顔を出して、笑っている。

もともとキレイな顔をしているけど、長谷川さんはこの一年くらいでより一層キレイになった。笑うと、周りが輝く。事務所内では、彼氏ができたと噂されている。しかし、本人に聞いても、できてませんという答えが返ってくるだけだ。

「人のこと気にしている時間があったら、自分の仕事進めろよ」所長はホワイトボードに外出札を貼って、出ていく。

「わかってます」背中に向かって言う。

長谷川さんも後ろ姿を追うように、所長を見ていた。言えない相手と付き合っているという噂もある。所長が相手なのかもしれないと疑ってしまうが、違うだろう。奥さんと娘さんがいながら若い彼女もいる女癖の悪さを長谷川さんも知っている。

たとえ、そういう理由がないとしても、違うと思う。僕は、長谷川さんが誰と話していても、誰を見ていても、何かあるんじゃないかと考えてしまう。

「長谷川さん、今日の夜飲みに行こうよ」

「ごめん。今日は打ち合わせ入ってる。明日の夜なら、行けるよ」

パソコンで仕事を進めながら、話す。

「じゃあ、明日」

「どこ行く？」

「行きたい店ある？」

「駅の向こうにできたスペイン料理は？」

「スペイン料理って？」

「パエリアとか」

「とか？」

「あと、なんだろう？　とりあえず、行ってみようよ」

「いいよ。ちなみに、今度の日曜日はあいてる？」

「会社に来ると思う」

「その次の日曜日は？」

「わかんない」

「そう」

大学を卒業してすぐに、僕も長谷川さんもうちの会社に就職した。小さなデザイン事務所だから、同期は二人だけだ。向かい合わせに座り、毎日お互いの姿を視界に入れながら働いている。会社帰りに飲みに行くことはしょっちゅうある。でも、休みの日に二人で会ったことは、この六年半で一度もない。

ノートパソコンを持って、事務所を出る。

風が吹き、銀杏（いちょう）並木の黄色い葉が一斉に舞い落ちる。地面に降り積もってゆく。花も葉も、木に留まっている時より、落ちる時の方がキレイだ。

冷たく乾いた風が、首筋をなでる。

「田中君」

葉が落ちるのをぼんやり見ていたら、後ろから声をかけられた。振り返ると、フミさんがいた。

「こんにちは」

「仕事は？」

「コーヒー飲みながら、進めようと思って。ちょうどお店に行くところでした」

フミさんは事務所の近くにあるカフェのオーナーの奥さんだ。前はオーナーの広文さんは古道具屋や骨董市に行って遊んでいるだけで、フミさんがカフェを仕切っていた。しかし、先月の終わりにフミさんに赤ちゃんができたことがわかり、広文さんはまじめに働くようになった。

「サボる気でしょ？」

「仕事しますよ」

銀杏並木の下をフミさんと並んで歩く。黄色い葉が落ちて、フミさんの肩に載る。風に吹かれ、飛んでいく。

「寒いね」

「体、大丈夫ですか？」

「うん。つわりもないし、大丈夫」

「荷物、持ちましょうか？」

スーパーに買い物に行っていたのか、両手に袋を持っていた。

「いいよ。これくらい」

「いや、でも」

「じゃあ、こっちお願い」

「はい」袋を一個受け取る。

「ありがとう」僕の顔を見て、フミさんは笑う。

赤ちゃんができたことがわかってから、表情や雰囲気が柔らかくなった。女の人というのは、そういう生き物なのだと思う。長谷川さんには何があって、前以上にキレイになったのだろう。

「ただいま」

お客さんが少なかったので、フミさんは表からカフェに入る。ガラスの扉が閉まらないように、僕は後ろで押さえる。フミさんが入ってから僕も入り、扉を閉める。

「おかえり」レジカウンターから広文さんが出てきて、フミさんの手から何も言わずにスーパーの袋を取る。

「こんにちは」僕の持っていた袋は、レジの横に置く。

「いらっしゃい」

そう言いながらも、広文さんは僕の姿なんか、見えていないようだ。フミさんに

「寒くなかった?」「こんなに買うなら、僕が行ったのに」と言っている。しつこく言われ、フミさんはちょっと困ったような顔をする。

「いらっしゃいませ」調理場から水が入ったグラスを持って、アルバイトのコトちゃんが出てくる。「なんだ、田中さんか」

「なんだは、ないだろ? なんだは?」入口横のテーブル席に座る。

「ごめんなさい」謝る気はない笑顔で言って、水を置く。

連絡を取れる状態にしておけばどこで仕事をしてもいいので、僕は毎日のようにここに来ている。お客さんと思われなくなってきていた。

「コーヒー、お願い」

「はあい」

コトちゃんは、調理場に入っていく。

少し休むように広文さんに言われ、フミさんは二階へ上がっていった。コーヒーは

フミさんが淹れた方が、広文さんやコトちゃんが淹れるよりおいしいのだけど、しょうがないだろう。

広文さんは、僕の正面に座る。

この辺りは、うちの事務所みたいなデザインや建築関係の小さな事務所がいくつもあるが、基本的に住宅街だ。お客さんは、近所に住む主婦を中心とした常連さんが多い。オーナーが座りこんでサボっていても、気にするお客さんはいない。

「もうさ、大変だよ」広文さんは溜め息交じりに言う。

「何がですか？」

「フミちゃんがちょっと出かけるだけでも、不安」

「はあ」

気持ちがわからないわけでもないけど、広文さんは心配し過ぎだと思う。これでは、赤ちゃんが生まれるまでにフミさんより、広文さんが倒れてしまいそうだ。

「なんか、監視する道具みたいなの、ないかな？」

「携帯電話のGPSでいいんじゃないですか？」

「どこにいるかだけじゃなくて、その時のフミちゃんの姿が見たいんだよ」

「広文さん、フミさんと結婚できなかったら、ストーカーになってたかもしれませんね」

「そうかも」

今のは否定するべきところだ。

「ストーカーの道具なんて、ありませんよ」

「開発中のおもちゃでなんかないの？ 子供を監視する道具みたいなの」

僕は今、開発中のおもちゃのデザインを担当している。最近テレビで話題になっている超能力のような、不思議な力を持ったおもちゃだ。

「ありません」

「僕に超能力があればなあ」

「無理ですよ」

この十年くらいの間に超能力者は増えたが、身近な存在ではない。取引先のおもちゃ会社の開発部に十月に異動してきた女子社員が瞬間移動ができるらしいという噂を聞いたが、噂でしかないだろう。

「動かないかな」グラスに手をかざす。

「動きませんよ。それより道具に頼った方がいいですよ。最近、なんか手に入ってないんですか？」

おもちゃ以外にも、不思議な力を持った道具を開発している会社もあるらしい。僕と広文さんは、古道具関係の情報以外に不思議な力を持った道具の情報を交換するうちに、よく話すようになった。

「ないよ」

「なんか、惚れ薬的なもの、ありませんか？」

何度誘っても、長谷川さんは友達以上に僕のことを考えてくれない。僕も長谷川さんも、来年で三十歳になる。恋人ができれば、結婚を考えたりするだろう。長谷川さんが僕以外の誰かとそういう話をする前に、僕を見てほしい。そのためには、どんなずるい手を使ってもいい気がしてきている。

「誰に使うんですか？」

コトちゃんはコーヒーを運んできて、テーブルに置く。調理場に戻らず、テーブルの横に立つ。

「葵ちゃんだろ」僕ではなくて、広文さんが答える。

長谷川さんもたまに、ここにコーヒーを飲みにくる。同僚として、僕は苗字で呼びつづけているのに、広文さんは下の名前で呼んでいる。さすがに長谷川さんと広文さんの仲を疑ったりはしないが、親しくしないでほしい。長谷川さんがどんな男と話すのも、僕は耐えられない。

「田中さん、わたしのこと好きなのかと思ってたのに」コトちゃんが言う。

「いや、まあ、その」

冗談として軽く流せばいいと思いながら、口ごもってしまう。コトちゃんのことをちょっといいなと思っていた時期がなかったわけではない。長谷川さんのことを好きでいても無駄だと考え、他の女の子に目を向けたことはある。その中でも、コトちゃんはノリが合うし、少しキツい性格もいいなと真剣に考えていた。

でも、どうしても長谷川さんのことを諦められなかった。

会社に行って顔を見たら、それだけで、他の女の子はどうでもよくなる。

「口ごもらないでくださいよ。気持ち悪い」

「ああ、うん。なんか、ごめんね」

「気持ち悪っ！」

僕だけではなくて、広文さんのことも睨むように見て、コトちゃんは調理場に戻る。

「あっ！」広文さんが声を上げる。

「どうしたんですか？」

「あるよ！　ある！　惚れ薬的なやつ」

「えっ？　マジですか？」

「ちょっと待ってて」立ち上がり、店の奥の階段を上がって、二階へ行く。

しばらく待っても戻ってこないからどうしたんだろうと思っていたら、広文さんは階段を駆け下りてきた。

「これ！」小さな水色の瓶をテーブルの上に置く。

「なんすか？　これ？」

「なんですか？」調理場から出て、コトちゃんも見にくる。

「惚れ薬！」

「へえ、そのままですね」

水色の瓶は手の平におさまるくらい小さくて、何語かわからない言葉が書かれたラベルが貼ってあり、中には液体が入っている。目薬と言われたら、信じられそうだ。

フミさんやコトちゃんは僕が持ってくるものはうさんくさいと思っているようだが、広文さんが持っているものだって同じくらいうさんくさい。

「本物だよ！　試したことはないけど」

「なんで、試してないんですか？」

「必要ないから」

「必要ないのに、なんで持ってるんですか？」

「フミちゃんの気持ちが変わった時のために持ってたんだ。必要なくなったから、忘れてた」

「結婚して、子供ができたからって、気持ちが変わらないわけじゃないですよ」瓶を手に取ってラベルを見ながら、コトちゃんが言う。

「じゃあ、やっぱり持っておこうかな」

「えっ？　試させてくださいよ」僕が言う。

　うさんくさいとは思っても、なんでもいいから頼りたかった。

「全部は必要ないだろうから、いいよ」

　広文さんはコトちゃんから瓶を返してもらい、僕に渡してくる。

「これ、どこで手に入れたんですか？」

「五年くらい前に、大学の先輩と会った時にもらった」

「科捜研部の先輩ですか？」

「そう」

　一気にうさんくささが増す。

　僕と広文さんは同じ大学の同じ部の出身だ。科捜研部と言いながら、科学も捜査もいから大学にいた時期は重なっているけど、広文さんは二年生の終わりに科捜研部から逃げたらしい。だから、学生の頃に会ったことはなかった。僕は積極的に部の活動をしていた。初めて友達ができて楽しかったし、今でも事務所が関係するイベントや展示でアルバイトを頼むために、たまに大学へ行く。

研究も何もせず、むさ苦しい男が集まって喋っているだけだった。二歳しか違わない

「先輩は、どこで手に入れたんでしょうか？」

「どこだろう？」首を傾げる。「なんか、南米の方に旅行した時のお土産って言ってたよ。ある民族に伝わる秘薬なんだって」

うさんくささがさらに増す。民族とか原住民とか言うと、ありがたい感じになる。

開発中のおもちゃを試す時に、僕も使う手だ。

「飲み物に混ぜて飲ませれば、目の前にいる相手を好きになるらしいよ」

「誰か試したんですか？」

「試してない。試すためには女の子に近付かないといけないから」

女子とまともに話せない人ばかりだったが、卒業後も変わっていないのだろう。

「使用期限とか、大丈夫なんですかね？」

「どうだろう？」

「飲んでみる?」僕がコトちゃんに聞く。

「嫌ですよ。自分で飲めば、いいじゃないですか?」

「僕が飲んで、コトちゃんを好きになったら、責任とってくれんの?」

「無理です。無理、無理」嫌そうな顔で、首を横に振る。

ここで広文さんに飲ませて、コトちゃんを好きになったら大変なことになる。でも、フミさんを呼んできてから広文さんに飲ませて、フミさんを好きになっても、それは惚れ薬の効果ではない。僕とコトちゃんが二人で飲んで、お互いを好きになったら、話は丸くおさまる。しかし、それは僕が望んでいることではない。結果を求めて試すのは、難しそうだ。

「とりあえず、もらって帰ります」

「うん。いいよ」

「ありがとうございます」ジーンズのポケットに入れておく。

長谷川さんは午後から打ち合わせがあって外出していたから、店で待ち合わせすることになった。

昨日、広文さんからもらった惚れ薬はコーヒーに混ぜて今日の昼間に長谷川さんを見ながら、自分で飲んでみた。効果は不明だが、腹を壊したりすることはなさそうだ。駅の反対側は商店街になっている。スーパーや八百屋やドラッグストアが並ぶ通りの裏側に、スペイン料理屋はある。

スペイン料理屋の前に、長谷川さんは立っていた。

ジャケットのポケットに手を入れて、空を見上げている。

「ごめん。中で待っていてくれて良かったのに」

声をかけても、長谷川さんはまだ空を見上げている。音楽を聴いていて聞こえなかったのかなと思ったけど、そういうわけではなさそうだ。イヤホンもヘッドホンもしていない。

「長谷川さん」肩を叩く。

驚いたような顔で、長谷川さんは僕を見る。

「ああ」言葉にならない声が漏れる。

「どうしたの？　なんかあった？」見上げていた方を見る。

星が一つ輝いていた。

金星だ。

この辺りでは、星はほとんど見えない。オリオン座と冬の大三角形の他にいくつか見えるくらいだ。金星は一番光が強いから、すぐにわかる。

「なんにもない。ぼうっとしちゃった」笑顔になる。

何か隠していることがあるなと感じたが、しつこく聞かない方がいいだろう。

長谷川さんの中には、これ以上は聞かれたくない、聞かれたとしても答えないという線がはっきりあるんだと思う。その先に何があるのか、どうしてそう決めたのか知りたくて、酒に酔ったフリをして聞いたことがあった。最初は、いつも通りに笑顔でかわそうとしていた長谷川さんは、泣いてしまった。

仕事のことで怒っている姿や、悔しそうにしている姿は何度か見たことがあったが、泣いている姿を見たのは初めてだった。

去年の夏の終わりのことだ。

それからは、しつこく聞いても、これ以上先に進んではいけないと感じたら、素早く撤退するようになった。

「中、入ろう」長谷川さんが言う。

「うん」

店の中は、あまり広くなかった。カウンター席の他に二人がけのテーブル席が五つ並んでいる。時間が早いからか、繁盛していないからか、お客さんは僕と長谷川さん以外にカウンター席に一人いるだけだ。奥のテーブル席に通された。

奥に長谷川さんに座ってもらい、僕は手前に座る。

「大丈夫なのかな？」メニューで口元を隠すようにして、長谷川さんは言う。

「自分が行きたいって言ったんじゃん」

ヒソヒソ声で喋ると余計に響くから、普通の声で話す。

「だって、店の前を先週通った時にはお客さんいっぱいだったんだもん」

「ここって、いつオープンしたの？」

「一ヶ月くらい前？　ほら、前はおでん屋だったじゃん」

「ああ、あったね」

店の装飾はスペインっぽくしているけど、おでん屋の居抜き物件なのだろう。カウンターの板やトイレの扉に和テイストが残っている。

奥にあるテレビでは、夕方のニュースが流れている。録画でもいいからリーガ・エスパニョーラの試合とか、スペイン料理屋らしい映像を流すべきだ。内装を変えただけで、オーナーや従業員はおでん屋と変わっていないのかもしれない。

そのおでん屋にも、僕と長谷川さんは二人で行った。コンビニのおでんの方がおいしいという結論を二人とも出し、二度と行かなかった。

「とりあえず、飲もう」

ワインのメニューを長谷川さんが見やすいように開く。

「うん」

「スペイン料理って、赤？」

「白じゃない？　魚介が多そうだし。パエリアとか」

「そうだね」

僕も長谷川さんもデザイン事務所に勤めているのに、お洒落なお店は苦手だ。スペイン料理屋も商店街の裏だから入れたが、都心にあったら入れない。いつまで経っても、スマートにワインを頼めるようになれなかった。

長谷川さんは顔が小さくて、手足が長くて、ファッション誌に載っているような服を着こなしている。でも、魂は島にいた十代の頃から変わっていないらしい。

「仕事、大丈夫だった？」長谷川さんが僕に聞く。

「うん。所長も外出してたし」

デザイン事務所の仕事は忙しい。大きな仕事と小さな仕事が山を作っている。定時や週休二日なんて言葉は、幻でしかない。隙を見つけたら逃げるように帰り、絶対にこの日は休みます！　という時には早めに有休届けを出す。こんなに早い時間から飲めることは、滅多にない。

「すいません」店員さんを呼び、白ワインを注文する。料理は、最初からパエリアではない気がしたので、おすすめを聞いて適当に注文する。

僕が注文している間、長谷川さんはテレビを見ていた。

「なんの特集?」店員さんがカウンターに戻ってから聞く。

テレビには、どこかの大学が映っている。ニュース番組内の特集コーナーのようだ。

「また超能力関係」

「ふうん」

超能力のことで、大学の教授がインタビューを受けていた。時空間を超える理論を発表して、タイムマシン実験に成功するんじゃないかと言われている人だ。

「この人さ、高校の同級生と似てるんだよね」テレビを見たまま、長谷川さんは言う。

教授は僕たちより十歳近く上だから、同級生本人であるはずがない。

「そうなんだ」

「体型は全然違うし顔もちょっと違うから、パッと見は似てないんだけど、話し方とか仕草とか見てると、思い出す」

「ふうん」

「あと、顔の同じところにホクロがある」右目の下を指さす。

「仲良かったの？」

「うーん。そうでもないかな」僕の方を見て首を傾げた後に、少しだけ笑う。

笑顔なのに、困っているようにも悲しんでいるようにも見える。

これ以上聞きたくても、聞かない方がよさそうだ。その同級生と何かあったのかもしれない。

彼氏には、長谷川さんはなんでも話すのだろうか。

今、本当に彼氏がいるのかどうかも知らないし、過去にどんな男と付き合っていたのかも知らない。二人で飲んでいても、仕事の愚痴や事務所や取引先の人の噂話や、テレビやサッカーや超能力の話をしているだけだ。事務所では僕が一番に仲がいいと思っているが、長谷川さんは事務の女子社員ともたまに飲みに行っている。女同士では、恋愛のことも話しているのかもしれない。

「ほら、同級生少なかったから。高校でも二クラスしかなかったし」

「そっか」

「田中君の高校は、何クラスあった？」

「十五クラス」

「多いね」

「うん」

人の過去を知りたがるくせに、僕は僕で、自分の過去を聞かれたくない。

僕は事務所の近くのアパートで一人暮らしをしているが、実家も都内にある。両親は共働きで、ばあちゃんに育てられた。家で絵本を読んだり、庭で花を育てたり、ばあちゃんと二人でのんびり暮らしていた。幼稚園に入った時点で既に、同級生についていけないと感じた。教室内や園庭を走るスピードに、目が回った。幼稚園児がそんなに速く走れるはずがない。でも、それまでのんびりしていた僕の目には、三倍速くらいに見えた。友達を作れず、絵本ばかり読んでいた。

小学生になっても、中学生になっても、高校生になっても、同級生のスピードについていけるようにならなかった。中学生になると、動くスピード以上に話すスピードについていけなくなった。読むものが、絵本から児童文学に変わり、まんがや小説に変わっても、僕自身は変われなかった。誰かと話すことがなければ、いじめられもしない。内気でおとなしい子で、関わってはいけないと思われていたのかもしれない。

高校生になった頃には、これが僕の人生で、いつかばあちゃんも両親も死んで、一人で生きていくんだと考えるようになった。

友達も恋人もできないと思っていた。

大学の入学式の日に、科捜研部に勧誘された。勧誘してきた先輩が、僕が何も返事をしないのは入学したばかりで不安だからだと思ったようで「大丈夫」と言ってくれた。それだけのことなのに、大丈夫な気がした。部には僕と同じように育ってきた人がたくさんいた。そこでは、世界は三倍速ではなくて、僕と同じ速さで進んだ。

部に慣れると、他にも友達ができた。本屋でアルバイトもして、話が合う友達が増えた。けど、女の子とはなかなか話せなかった。彼女たちの言葉は、速くは聞こえなくても、外国語のようだった。同じ日本語を話しているはずなのに、言っていることを理解して返すまでに、時間がかかった。

就職が決まり、内定者研修として会社に呼ばれた日に長谷川さんと初めて会った。こんなキレイな女の子とは、話せないと思った。二人しかいないのに、目も合わせられなかった。そしたら、長谷川さんは僕の目をのぞきこんできて、「大丈夫」と言ってくれた。それで、目を見られた。彼女の言うことはすぐに理解できて、すぐに返せる。

「ちょっと一件だけ、電話してきていい?」長谷川さんは、携帯電話を持って席を立つ。

「うん、いいよ」

「すぐ戻るから」店の外に出ていく。

店員さんがワインを持ってきて、グラスに注いでいった。

惚れ薬を入れるチャンスが早速来てしまった。

長谷川さんがトイレに立った時にでも入れようと思っていたが、チャンスは逃さない方がいい。

カバンから惚れ薬の瓶を出し、戻ってこないか入口の方を見ながら、長谷川さんのワインに一滴入れる。足りないかもしれないから、もう一滴入れる。

瓶をカバンにしまい、携帯を確認しているフリをしながら、戻ってくるのを待つ。

「ごめんね」長谷川さんが戻ってくる。

「いいよ。僕もメールチェックしたかったから」携帯を閉じて、カバンにしまう。

「じゃあ、乾杯」

長谷川さんはワインを一口飲み、味を確認する。もう一口飲む。

混ぜていないから、薬は表面に浮いているだろう。口に入ったかもしれない。

「おいしい。これにして良かったね」ワイングラスを置く。

「そう」僕も一口飲む。

味はよくわからなかった。

うさんくさいと思いながら、薬の効果を期待してしまう。

「料理もおいしいんじゃない？　お店も混んできたし」

「そうだね」

七時を過ぎて、お客さんが増えてきた。テレビでは夕方のニュースが終わり、バラエティ番組が始まる。また超能力関係の番組だ。視聴率がいいみたいで、超能力関係の番組が増えてきている。十年くらい前まで、超能力者なんていないと思われていた。その頃にテレビに出ていたスプーン曲げができる人やUFOを呼べる人の方が、僕は好きだった。嘘だと思いながら、本当かもしれないという夢を抱けた。

「タイムマシンができたらいいなって思う？」ワインをもう一口飲んで、長谷川さんが聞いてくる。

「思わない」

「へえ、意外」

「そう？」

「そういうの好きでしょ？」

「好きだけど、戻りたい過去もないし、未来もあんまり興味ない」

「そっか」

「古道具とか好きだけど、その道具がどういう歴史をたどってきたか、思いを馳せるのがいいんだよ。なんでも知ることができたら、想像力をなくしてしまう」

「残せないものは、どうしても残せないもんね」

「うん」

「今が一番いいって思ってた方がいいよね」

話しているうちに長谷川さんの目つきがぼんやりしてくる。体を左右に揺らす。薬が効いてきたのかもしれない。

「どうしたの？」

「これしか飲んでないのに、酔っ払ったのかな。なんか、眠くて」

「疲れてんじゃない？」

「そうかも。最近、忙しかったから。ごめんね。田中君といると楽だから、気持ちがリラックスしすぎちゃったのかも」

「どうする？　帰る？」

「ううん。大丈夫」体を伸ばすが、まだ眠そうだ。

惚れ薬ではなくて、睡眠薬なのかもしれない。

僕も試しに飲んだ後に眠くなったが、昼ごはんを食べた後だからだと思っていた。

長谷川さんは、しばらく体を左右に揺らしていたが、壁に寄りかかって寝てしまった。

ぐっすり眠っていて起こすのも悪い気がするから、そのままにしておく。

頼んだ料理は、僕が一人で食べればいいだろう。


ベッドで長谷川さんが眠っていて、一晩中寝顔を見つめていた。

昨日の夜、スペイン料理屋で長谷川さんは、目を覚まさなかった。頼んだ料理を食べ終えて、声をかけたが、眠っていた。肩を叩いてみても、体をゆすってみても、何も反応がなかった。他のお客さんや店員さんに、どうしたんですか？　と聞かれて騒ぎになりそうだったから、長谷川さんをおぶって店を出た。惚れ薬が強い睡眠薬ならば、そのうちに起きるだろう。しかし、もしも睡眠薬でもない法律に触れるような薬だったら、事件になる。とりあえず僕のアパートまで連れて帰り、それから考えることにした。

アパートについても起きなかったから、ベッドに寝かせた。

広文さんに電話をしたけど、「先輩に確認する」と言われて、待っていたのに電話はかかってこなかった。広文さんにもう一度電話した方がいいのか、救急車を呼んで病院に行った方がいいのか、このまま眠らせた方がいいのか、どうしたらいいのか決められないまま、朝になった。

寝顔は、健やかだ。

リズムよく寝息を立てている。

キスしたら起きないかなと考えたが、そんな童話みたいなことはできない。

もうすぐ八時になる。出勤時間は決まっていないけど、お昼くらいまでには行かないといけない。それより遅くなる場合は、連絡する必要がある。遅くなりますという連絡はメールでもいいが、休みますという場合は電話する。昨日の夜から風邪を引いて声が出ないとメールしても、怪しまれるだろう。僕と長谷川さんが二人で休んだら、つまらない噂もされる。噂をされても、僕は構わないけど、長谷川さんは嫌な思いをする。でも、この状況を会社の人には正直に話せない。

「長谷川さん」肩をゆすってみる。

反応はない。

救急車を呼ぶしかないだろう。

薬を飲んでから十三時間近く経っている。眠ってすぐに吐き出させればよかったのかもしれない。今から吐き出させても、もう遅い。全身に回っている。ずるいことをしようとした僕が悪いんだ。

「……くん」長谷川さんが何か言う。

「何？　どうしたの？」

寝言に話しかけたらいけないと聞いたことがあるが、そんなことを考えている余裕はなかった。

「……にわくん」

さっきまで気持ち良さそうに眠っていたのに、苦しそうな顔になる。目から涙がこぼれる。

「どうしたの？　大丈夫？」肩を叩く。

長谷川さんはゆっくりと目を開けて、僕を見る。

目を大きく開き、驚いた顔をして、起き上がる。

「おはよう」

「おはよう」長谷川さんは確認するように、周りを見る。

「大丈夫？」

「うん」状況を理解しきれていない顔で、うなずく。

「昨日のこと、憶えてる?」

「スペイン料理屋に行って、ワイン飲んだ」

「その後寝ちゃって、今まで寝てたんだよ」

「えっ? 今、何時?」

「八時」

外から小学生の声が聞こえる。登校する時間だ。

「ええっ! わたし、何時間寝てたの?」

「十三時間近く」

「そんなに! ごめんね。せっかくゆっくり飲めると思ったのにね」

「それは、いいよ」

「本当にごめん」

下を向き、長谷川さんは落ちこんでいるような顔になる。

「気にしないで。あと、何もしてないから、安心して」

「疑ってもないから、大丈夫。ところで、ここはどこ?」顔を上げて、部屋の中を見回す。

「僕の部屋」

「そうなんだ。なんか、ごめんね」

「いいよ。会社まで近いからもう少し休んでいけば」

「ううん。夕方の会議の資料が家にあるから、一度帰らないと」

「そっか」

「洗面所借りるね」

ベッドから下りて、長谷川さんは玄関横の洗面所に行く。髪の毛と化粧を整えて、出てくる。

「駅まで送ろうか？」

「大丈夫。田中君、寝てないでしょ？」

「うん」

「少し休んで」

長谷川さんは玄関で靴を履き、ドアを開ける。

「そこまで送る」

アパートの前まで一緒に行く。

「じゃあ、後で会社で」

「じゃあね。ありがとう」手を振り、長谷川さんは駅に向かって歩いていく。歩きながらまた眠ってしまうんじゃないかと思ったが、大丈夫そうだ。電車の中で眠ったりしそうだから、後でメールした方がいいだろう。

「田中君、おはよう」後ろから声をかけられる。

正面の家に住むサトシ君だった。サトシ君は小学校三年生だけど、僕の友達だ。

「おはよう」

「葵ちゃん、泊まったの？」

カフェに僕と長谷川さんがいた時に、サトシ君はお母さんと来たことがあった。

「エッチなこと考えるなよ」

「考えないよ」

「本当は考えてるだろ？」

「考えないって」顔を赤くする。

「残念ながら、まだそういう仲じゃないんだよ」

「ふうん」

サトシ君には、小学生の男子らしい生意気さがない。内気でおとなしくて、僕が小学生の時と少し似ている。でも、サトシ君には哲ちゃんという親友がいる。二人はいつも一緒で、とても仲が良かった。それなのに、その仲を僕が壊した。開発中のおもちゃをサトシ君にあげた。それが原因で、サトシ君は哲ちゃんに嫌われてしまった。

「最近、哲ちゃんとはどうなってる？」

「遊んでるよ」

「そうなんだ？」

「でも、前ほどじゃない。哲ちゃんは許してくれたけど、あの時のことを忘れることはできないから」

「そっか」

「でも、ぼくはどうしても哲ちゃんと友達でいたいんだ。二度と裏切らない。この気持ちをちゃんと哲ちゃんに伝えつづけるんだ」

僕が軽い気持ちでおもちゃを渡したせいだから、どうにかしてあげたいが、サトシ君はもう何かに頼る気はないのだろう。

「また三人で遊ぼうな」

「うん。哲ちゃんと待ち合わせしてるから、行くね」

手を振りながら、サトシ君は走っていく。

「いってらっしゃい」

サトシ君を見送ってから、部屋に戻って昼まで眠った。それから事務所に行ったら、長谷川さんは出勤していた。

所長は外出中で、他の人も昼ごはんを食べにいっているようだ。僕と長谷川さんの他には、誰もいない。

「おはよう」

「おはよう。ちゃんと寝た？」

「うん」

自分の席ではなくて、長谷川さんの隣に座る。

「どうしたの？」

「ちょっと話があるんだけど」長谷川さんの目を見て言う。

気持ちを、ちゃんと伝える。

サトシ君にできるんだから、僕にだってできるはずだ。何かに頼らず、言うべきことを言わないといけない。

「何？」

「にわくんって、誰？」気持ちを言おうと決意したのに、違うことを聞いてしまった。

「えっ？」

「長谷川さん、にわくんって寝言で言ってたから」

「ああ」表情が一気に曇っていく。

聞いたらいけないことだったようだ。寝言で重要な人の名前を呼ぶなんて、そんなまんがやドラマみたいなことあるわけないと思ったが、あった。

「誰？」いつもだったらここで引くけど、今日は聞く。

このままでは、いつまで経っても、僕と長谷川さんは適度な距離感のお友達のままだ。

「高校の同級生」下を向いて言う。「ほら、昨日話したでしょ。大学の教授に似てるって。テレビ見た後だったから、夢に出てきたんだよ」

「それだけ？」

「それだけ」

「本当に？」

「うん」

「それだけじゃないよね？」

「それだけだよ」

「話してほしい」

「どうして？　どうして田中君に話さなきゃいけないの？」

「僕は、長谷川さんが好きなんだ。長谷川さんのことは全部知りたい。辛い思いをしているなら、僕に頼ってほしい」

長谷川さんは顔を上げて、僕の目を見る。

「田中君、あのね」

「にわくんって、誰？」

「死んだの。交通事故で。高校一年生の時に、わたしの目の前で」

「恋人だったの？」

「ううん」首を横に振る。「わたしは好きだったけど、彼の気持ちはわからなかった。二十九日は命日だから、帰るの。去年が十三回忌だったんだけど、帰れなかったから。年末年始に実家に帰った時にお墓参りは行ってるんだけどね。来年で三十歳になるし、気持ちを整理したくて」

泣き出してしまうかと思ったが、長谷川さんは冷静にそう話した。

「そうなんだ」

聞き出したからには、何か言わないといけないと思ったのに、言葉をつづけられなかった。僕が泣いてしまいそうだ。

「ありがとう」長谷川さんが言う。

「いや、なんか、ごめん」

「なんで、謝るの？　好きって言ってくれて嬉しい」

「あの、その」

「十二月の最初の日曜日、あいてる？」

「うん」

「どこか行こう」

「えっ？」

「二人で、どこか行こう」

「うん」

「行きたいところ、考えておくね。ちょっとコンビニ行ってくる」財布と携帯電話を持って、長谷川さんは立ち上がる。

「いってらっしゃい」

事務所から出ていく後ろ姿に手を振る。

付き合うって思っていいのだろうか。そこまでの話ではないのだろうか。でも、日曜日に二人で会えるんだ。

惚れ薬、効いたのかもしれない。

本書のプロフィール

本書は、二〇一六年十一月に集英社文庫から刊行された同名の作品を小学館文庫で再文庫化したものです。

小学館文庫

ふたつの星とタイムマシン

著者　畑野智美

二〇二三年一月十一日　初版第一刷発行

発行人　下山明子
発行所　株式会社　小学館
〒一〇一-八〇〇一
東京都千代田区一ツ橋二-三-一
電話　編集〇三-三二三〇-五四四六
　　　販売〇三-五二八一-三五五五
印刷所――中央精版印刷株式会社

この文庫の詳しい内容はインターネットで24時間ご覧になれます。
小学館公式ホームページ　https://www.shogakukan.co.jp

ISBN978-4-09-407219-8